Annette G. Krupka

Stollentod

12 Fall um Katherina "Kate" Schulz

Impressum

© 2021 Annette Gisela Krupka
Herstellung und Verlag: BoD – Books on Demand,
Norderstedt
ISBN 9783755753209

Das Buch

Mitten in Kates Lieblingskaffeerösterei fällt eine ältere Dame bewusstlos vom Stuhl. Professor Omar Amri, forensischer Pathologe, ist mit Kate zufällig vor Ort und leistet erste Hilfe. Was wie ein Herzanfall aussieht, wird von Omar schnell am typischen Bittermandelgeruch als Zyankalivergiftung identifiziert. Leider kann er der Frau nicht mehr helfen, sie stirbt noch vor Ort. Aber wie kam sie zu dem Gift? Schnell wird klar, das Stück Stollen, das zum Kaffee serviert wurde, war damit präpariert.
Als es weitere Vergiftungsfälle und sogar einen weiteren Todesfall gibt, ermittelt fieberhaft die Polizei. Geht hier jemand so weit, den potenziellen Kandidaten für den begehrten "Stollenoscar" auf diese Weise aus dem Rennen zu drängen? Nicht nur Hauptkommissar Mike Köhler ermittelt, auch Kate Schulz, allerdings in eine ganz andere Richtung.

Kapitel 1

„Alles in allem geht es doch vorwärts", sagte Kate
und sah sich auf der Noch- Baustelle um. Nachdem
der Entschluss für sie gefallen war, ihr Büro von
Schulz-Security im Wilkehaus aufzugeben und etwas
Eigenes zu erwerben, hatte sie, durch die Vermitt-
lung von Daniel und Omar, die ehemalige chirurgi-
sche Praxis von Doktor Ferdinand erwerben können.
Dieser hatte nicht, wie erhofft, einen Nachfolger gefunden. Obwohl er sich schwergetan hatte, sich von
den für einen Arzt perfekt eingerichteten Räumen zu
trennen, hatte er bei Kate sofort ein gutes Gefühl gehabt und an sie verkauft.
Für zwei Monate war es hier eine Baustelle gewesen
und nun waren nur noch die Maler am Werke. Danach konnte der Umzug stattfinden und Kates Dead-
line, in den ersten Januarwochen des kommenden
Jahres alles über die Bühne zu bringen, kam in greif-
bare Nähe.
Omar Amri ging gerade im größten Raum, der bereits fertig war, auf und ab. „Das soll wohl euer Bera-
tungsraum werden?", fragte er und sah auf den
Grundriss, den Kate auf den Fußboden gelegt hatte.
Sie nickte. „Ja, das war mal das Wartezimmer. Einige
Türen habe ich zumauern lassen, sodass wir den Be-
ratungsraum nur vom Flur beziehungsweise der Re-
zeption erreichen können. Mein Büro und das von
Chris geht nach vorn raus, zwei weitere Büros nach
hinten. Dort wird auch das von Jasmin sein, wenn sie

wieder einsteigt."

Omar sah mit hochgezogenen Brauen auf sie herab. Jasmin Weidner-Amri stand kurz vor der Geburt von Zwillingen und wäre es nach Omar gegangen, würde sie nicht nur, wie geplant, drei Jahre zu Hause bleiben, sondern für immer. Zumindest, bis die beiden Kleinen das Erwachsenenalter erreicht hätten, wie Jasmin es immer lachend kommentierte.

„Wenigstens halbtags", ergänzte Kate und Omar holte tief Luft, sagte aber nichts. „Habt ihr endlich jemand für den Empfang?", wechselte er das Thema.

„Immer noch nicht. Alle bisherigen Bewerbungen haben einfach nicht gepasst. Derzeit hilft Abby aus, sie hat Semesterferien. Mal schauen, vielleicht im neuen Jahr." Sie zuckte mit den Schultern.

Es war wirklich ärgerlich, niemand entsprechenden für ihr Büro zu finden. Früher hatte Annalena „Abby" Heimat, die Tochter ihrer ehemaligen Schulfreundin diesen Job gemacht, war dann aber, mit Omars Zutun, der die Fähigkeiten der jungen Frau erkannt hatte, zum Psychologiestudium gegangen und stand jetzt nur in den Semesterferien zur Verfügung. Nach einer, wie Kate es sich eingestand, personellen Pleite, hatte Abby ihr Romy Sommer, eine sehr fähige junge Frau, vermittelt.

Zum Entsetzen aller war sie nach kurzer Zeit das Opfer des Serientäters, den alle den neuen Würger von Plauen nannten, geworden.

Chris Töpfer, Romys Nachfolger, war als Student der Betriebswirtschaft eindeutig für diese Funktion überqualifiziert und Kate hatte ihn zu ihrem Stellvertreter ernannt, eine Entscheidung, die sie gemeinsam mit Jasmin getroffen hatte, nachdem klar war, dass diese nach ihrer Zwillingsschwangerschaft nicht so schnell zurück ins Berufsleben kommen würde. Daher hatte Chris jetzt inzwischen beide Positionen inne, kurzfristig jetzt unterstützt von Abby, aber langfristig war es keine Lösung.

„Ich höre mich mal um", versprach Omar und trat ans Fenster.

„Irgendwie wird es gar nicht richtig hell", murmelte er und Kate rollte den Grundriss zusammen, um ihn auf das Fensterbrett zu legen.

Sie legte Omar die Hand auf die Schulter. „Lass uns bei Daniel einen Kaffee trinken", sagte sie und er nickte.

Kapitel 2

„Das ist ja heute ein Betrieb", sagte Omar, als er mit
Kate kurz darauf die Kaffeerösterei betrat. Daniel,
der Besitzer, sah kurz zu ihnen hin, während er bereits neue Tassen unter die Kaffeemaschine schob.
Mit dem Daumen deutete er auf einen freien Tisch,
auf dem ein *BESETZT* Schild stand. Alle anderen
Sitz- und Stehplätze waren besetzt und Kunden stan-
den, dick in Mäntel und Schals eingehüllt, vor dem
Kaffeeregal, um ihre Advents- und Weihnachtsvor-
räte aufzufüllen. Es dauerte keine fünf Minuten, als
vor Kates Nase ein Cappuccino und vor Omar eine
Kanne Kaffee stand. Daniel stellte die holzeingefasste
Eieruhr neben Omars Kaffeekanne und der nickte.
Dann sah Daniel Kate an. „Wollt ihr was essen?"
Diese grinste. „Was fragst du mich? Ihn musst du fra-
gen", sagte sie und zeigte auf Omar.
Der lachte. „Na, was empfiehlst du uns denn?"
„Eben kam Stollen aus der Konditorei Flott, der neue
Marzipanstollen soll ja ganz große Klasse sein", sagte
er mit einem Augenzwinkern.
„Also gut, wenn du ihn schon so anpreist, dann her
damit." Omar sah Kate an, die nickte. „Ich habe auch
schon drei Stollen bei ihm bestellt. Zwei davon schi-
cke ich nach Israel zu meiner Tante. Weißt du, dass
Heiko Flott für den diesjährigen Stollenoscar vorgesehen ist?"
Daniel stellte ihnen gerade zwei Stücken hin und
hatte die letzten Worte gehört. „Ja, und das ist schon

was für einen absoluten Newcomer. Er hat seine Konditorei erst seit zwei Jahren."

Omar nickte anerkennend und besah sich das Gebäckstück. „Dann sind wir faktisch deine Erstverkoster?", sagte er und Daniel schüttelte den Kopf.

„Nein, die Dame war eher."

Er deutete auf den Nachbartisch wo eine alte Dame um die achtzig, gemeinsam mit einer ungefähr gleichaltrigen Frau, gerade von ihrem Stollenstück abgebissen hatte und wohlwollend nickte.

„Schmeckt er, Frau Habicht?"

Die Frau wandte sich etwas um. „Wunderbar. Er passt auch gut zu dem Kaffee, er…"

Der Rest des Satzes ging in einem Hustenanfall unter, dann griff sich die Frau an die Brust und röchelte.

„Maria", rief ihre Begleiterin erschrocken, aber da war Omar schon aufgesprungen.

Die alte Dame glitt vom Stuhl und schlug auf dem Fußboden auf. „Ihr Herz", schrie die Begleiterin, als Omar sich neben sie kniete und ihren Kopf nach hinten streckte.

Kate war ebenfalls aufgesprungen und stand neben ihm. „Er ist Arzt", sagte sie laut genug, dass alle es verstehen konnten. Dann nahm sie ihr IPhone und rief die Rettungsleitstelle an. Omar hatte mit Herzdruckmassage begonnen und hielt plötzlich inne.

Er beugte sich ganz nahe an ihren Mund, ging zurück, dann noch einmal, hob den Kopf und rief in den Raum: „Hören sie alle sofort auf zu essen und zu trinken."

Die Anwesenden, einschließlich Daniel, starrten ihn an. Sein Blick schwenkte zu Kate. „Ruf Mike an." Diese nickte nur und er ergänzte: „Der typische Bittermandelgeruch, es ist eine Cyanidvergiftung."

Er setzte die Herzdruckmassage fort, obwohl um ihn herum die Panik ausbrach.

„Was? Vergiftet?", rief eine junge Frau hysterisch und stieß gegen ihre Kaffeetasse, dass diese auf dem Boden zerschellte.

„Bleiben sie ruhig", herrschte Kate sie an und stellte sich an die Tür. „Bitte bleiben sie alle an ihren Plätzen. Niemand verlässt den Raum."

Draußen ertönte bereits das Martinshorn des nahenden Rettungswagens. Kate trat nur zur Seite, um die Rettungssanitäter einzulassen, denen ein Notarzt folgte. Dann sah sie zu Daniel. „Schließ zu", sagte sie und dieser ergriff leicht zitternd den Schlüsselbund und kam wortlos ihrer Aufforderung nach.

„Das dürfen sie nicht, das ist Freiheitsberaubung", ging die junge Frau in der farbig gestreiften Bommelmütze Kate an und begann, an der Tür zu rütteln.

Ein junger. kräftiger Mann griff nach ihrer Hand und zog sie vom Türgriff. „Jetzt ist aber gut."

Seine tiefe Stimme dröhnte in dem Raum, aber erfüllte seinen Zweck, die Frau trat an ihren Tisch zurück, während Daniel mit Schaufel und Besen begann, die Reste zusammenzukehren.

„Nichts wegwerfen", raunte Kate ihm zu und er nickte.

Mike saß auf einem der Stühle und sah, wie ein uniformierter Beamter gerade die Personalien eines der Kunden der Kaffeerösterei aufnahm und dann seinem Kollegen zunickte, ihn hinauszulassen.

„Das war der Letzte, Herr Hauptkommissar", sagte der junge Beamte, an ihn gewandt und Mike nickte. Dann sah er zu Omar, der noch ein paar Worte mit dem Notarzt sprach. Aus dem Augenwinkel sah er, dass sich draußen vor dem Schaufenster einige Neugierige versammelt hatten, in der Hoffnung, vielleicht einen Blick auf den Ort des Geschehens werfen zu können. Er gab den Beamten ein Zeichen, die umgehend nach draußen gingen, um die Ansammlung aufzulösen.

Daniel, der mit blassem Gesicht der Spurensicherung zusah, stieß langsam die Luft aus. „Wenn jetzt noch das Bestattungsunternehmen kommt", murmelte er, aber Kate hatte ihn gehört.

„Keine Angst, Omar hat Anweisung gegeben, dass sie von hinten heranfahren", sagte sie und klopfte dem Besitzer der Kaffeerösterei aufmunternd auf die Schulter.

Karsten Windisch, der Leiter der Spurensicherung drängte sich an ihnen vorbei. „Also", sagte er. „Wir haben jetzt von allen Kaffees Proben genommen, aber nur sicherheitshalber. Da du die gleiche Röstung für den Cappuccino für die Tote als auch für Kate und noch sechs andere verwendet hast, müssten sie auch Symptome haben. Haben sie aber nicht. Omar ist überzeugt, dass es am Stollen lag."

Daniel nickte. „Am Ende ist es auch egal. Frau Habicht ist tot, so eine nette alte Dame. Sie war regelmäßig mit ihrer Freundin hier."

Er deutete auf die alte Dame, die, weit weg von der abgedeckten Leiche ihrer Freundin, auf einem Stuhl zusammengekauert saß und von einer Notfallseelsorgerin betreut wurde. Diese sah jetzt zu Mike hinüber, der nickte. Dann nahm sie Frau Krawelke am Arm, half ihr in den Mantel und führte sie durch die Hintertür hinaus. Damit war vermieden, dass sie nochmals am Leichnam ihrer Freundin vorbeimusste. Inzwischen hatte auch der Notarzt den Tatort verlassen. Omar setzte sich neben Mike auf einen Stuhl, der bedenklich quietschte unter dem Gewicht des Rechtsmediziners. „Also, der Bittermandelgeruch ging eindeutig von dem Stollen aus." Er deutete auf Karsten Windisch. „Wieviel er Cyanid enthielt, das wird erst nach der Analyse feststehen."

Mike sah zu dem abgedeckten Körper hin. „Jedenfalls genug, um die alte Dame umzubringen."

Omar wog den Kopf hin und her. „Tja, da bin ich mir nicht sicher. Irgendwie ging mir die Sache zu schnell. Typisch wären Krämpfe gewesen, Erbrechen, aber davon hatte sie nichts. Wenn die Dosis so hoch gewesen wäre, müsste auch mir übel sein, denn ich habe mich sehr zu ihr nieder gebeugt, aber auch da ist nichts."

Mike sah ihn stirnrunzelnd an. „Willst du damit andeuten, es könnte ein natürlicher Tod gewesen sein?"

Omar schüttelte den Kopf. „Nein, denn der Bittermandelgeruch war da, in Frau Habichts Atemluft genauso wie am Stollenstück. Aber ihre Freundin hat spontan ausgerufen, es ist ihr Herz."

Er erhob sich und griff zu seinem Mantel. „Nach der Autopsie weiß ich mehr." Er zögerte einen Augenblick und sah Mike an. „Es könnte sein das Kerstin übernimmt."

Mike starrte ihn an. „Was?", fragte er, denn das Omar so einen Fall seiner Assistentin überließ war schon ungewöhnlich. Dieser drehte die Augen nach oben. „Bei Jasmin kann es jeden Augenblick so weit sein. Sie sollte schon gestern sicherheitshalber in die Klinik, aber nein, sie lässt sich sogar von meiner Schwester mit dem Auto herumkutschieren und das auch nur, weil sie mit ihrem Bauch nun endgültig nicht mehr hinter das Lenkrad passt."

Er schüttelte so bekümmert den Kopf, das Mike grinsen musste. „Ja, ja, so sind sie, die Frauen, immer ihren eigenen Kopf", warf Kate ein, die Omars letzte Worte gehört hatte. Der warf ihr nur einen gespielt bösen Blick zu und ging nach draußen. Im Gehen wechselte er noch einige Worte mit Karsten.

„Kerstin Nagler ist inzwischen ziemlich versiert, ich würde mir an deiner Stelle keine Gedanken machen", sagte Kate, als der Pathologe die Tür der Kaffeerösterei hinter sich geschlossen hatte. „Nun ja", sagte Mike gedehnt. „Ich sage mal so, Jasmin könnte noch warten, bis die Autopsie vorbei ist." Kate schüttelte lächelnd den Kopf und ging wieder zu Daniel, der noch immer sichtlich unter Schock stand.

Kapitel 3

Als Kate ihr Büro im Wilkehaus betrat, hörte sie eine Stimme, die ihr nur allzu vertraut war.

„Jasmin?", fragte sie erstaunt, als diese in ihrem ehemaligen Büro saß und sich scheinbar bisher mit Chris unterhalten hatte. Dieser erhob sich bei Kates Eintritt und strich sich über das Gesicht. Es sah aus, als ob er geweint hätte.

„Ich lasse euch dann mal allein", sagte er mit fester Stimme, lächelte Kate zu und zog die Tür hinter sich ins Schloss. Jasmin Weidner-Amri erhob sich schwerfällig aus dem Schreibtischstuhl, in dem sie gesessen hatte und plötzlich konnte Kate Omars Bedenken verstehen. Irgendwie sah der Bauch von Jasmin aus wie ein Ballon, der jeden Augenblick zu platzen drohte.

„Jetzt guckst du auch noch so", sagte diese vorwurfsvoll und Kate schüttelte den Kopf. „Wie gucke ich denn?"

„Na, in einer Mischung zwischen vorwurfsvoll und beängstigt." Sie grinste und lehnte sich gegen die Wand. „Wenn ich zu lange sitze, tut der Rücken weh, wenn ich zu lange stehe, auch." Sie winkte ab.

„Und was machst du hier? Denkst du, ohne dich geht alles den Bach runter?", fragte Kate betont flapsig, was ihr ein hochziehen der sorgfältig gezupften Augenbrauen ihres Gegenübers einbrachte.

„Ich wollte mich einfach ungestört mit Chris unterhalten, das ist alles."

Kate sah sie erstaunt an. „Was ist mit ihm? Wenn er eine Frage hat, die könnte ich ihm doch auch…" Sie hielt inne, weil Jasmin den Kopf schüttelte. Langsam schob sich diese von der Wand ab und ging auf Kate zu. Lächelnd sah sie sie an. „Kate, du bist eine tolle Chefin, fair, großzügig, sehr sozial. Du hast keine Vorurteile. Aber wenn es um manche zwischenmenschlichen Beziehungen geht…" Sie brach ab, als wisse sie nicht, wie sie weitersprechen sollte. Dann machte sie eine Bewegung mit der Hand durch die Luft. „Jedenfalls, Chris Partner hat ihn verlassen, ist von heute auf morgen ausgezogen, zu einem anderen Kerl. Er ist am Boden zerstört."

Kate atmete tief ein. „Das habe ich nicht gewusst", murmelte sie leise.

Jasmin wog den Kopf hin und her. „Deswegen hat Chris mich ja angerufen. Er brauchte einfach mal jemand zum Reden."

Kate ging langsam im Zimmer auf und ab. Schließlich blieb sie stehen und sah Jasmin an. „Dann bin ich wohl so eine Art emotionale Baustelle?", fragte sie, was dieser ein Grinsen entlockte.

„So würde ich es nicht sagen, aber manchmal fehlt dir einfach das Gespür für solche Dinge. Aber macht nix, dafür hast du ja mich, ich gebe gern die Kummertante."

Kate schüttelte langsam den Kopf. Ihr wurde bewusst, dass Jasmin nicht ganz unrecht hatte. Es hatte schon mehrere Situationen gegeben, bei denen die Mitarbeiter zu Jasmin statt zu ihr gekommen waren, wenn es um genau solche zwischenmenschlichen Dinge ging.

Jasmin nahm sie am Arm. „He, du bist ein toller Mensch und die beste Freundin, die ich je hatte", sagte sie leise und Kate spürte, dass es ihr ernst damit war. „Weißt du was?", fuhr Jasmin fort. „Ich habe einen bärischen Appetit auf Kaffee und etwas Leckeres dazu." Sie schien das Thema wechseln zu wollen, was Kate nur recht war.

„Daniel hat noch geschlossen", sagte sie.

Jasmin zuckte die Schultern. „Gehen wir zu Müllers?"

Als sie im Flur ankamen, saß Chris hinter dem Tresen und lächelte ihnen zu.

Kate blieb stehen. „Das mit deinem Freund tut mir leid", sagte sie leise und kam sich dabei irgendwie seltsam vor. Warum fand sie nicht einmal jetzt die richtigen Worte? Etwas, was weniger förmlich klang. Chris schien es nicht so zu empfinden und wenn doch, ließ er es sich nicht anmerken.

„Danke, Kate", sagte er nur und strahlte Jasmin an. „Ich hoffe für dich, die beiden Racker sehen endlich ein, dass es Zeit ist, mal was anderes zu sehen als deinen Bauch von innen."

Diese griff über den Tresen und drückte Chris Hand. „Danke, du wirst es erfahren, und zwar zeitnah, das verspreche ich dir."

Kate hatte Glück und bekam einen gerade freiwerdenden Parkplatz genau vor dem Kaffeehaus Müller. „Das nenne ich doch Service", sagte Jasmin, nachdem sie sich mit einem langen Stöhnen aus dem Auto gedreht hatte. „Dafür gibt es auch keine Haltungsnoten", scherzte sie und folgte Kate über die Straße. Kaum hatten sie das Café betreten, murmelte Kate: „Oh, oh, Code Red auf drei Uhr."

Jasmins Kopf schnellte herum, aber Omar hatte sie bereits entdeckt. „Zu spät", murmelte sie verschwörerisch zurück und setzte das strahlendste Lächeln auf, zu dem sie fähig war. „Na da haben wir doch alles richtig gemacht", sagte sie laut und steuerte auf den Tisch am Ende des Cafés zu, an dem neben Omar auch Mike saß, der reichlich verdutzt von seinem Kaffee aufsah.

Omar sah sie an, als sei sie soeben aus einer geschlossenen Psychiatrie entflohen.

„Was machst denn du hier?", brachte er mühsam hervor und sah über sie hinweg in Richtung Tür. „Wo ist Aishe?"

Jasmin legte ihre Tasche ab und pellte sich umständlich aus ihrem langen Mantel. „Ich habe deine Schwester nach Hause geschickt. Sie hat mit Sicherheit etwas Besseres zu tun als mich den ganzen Tag Babyzusitten."

Sie winkte Kate heran, die sich inzwischen am Kuchenbüfett informiert hatte. Jasmin vermutete aber eher, es war eine reine Finte gewesen, um einem möglichen Ehekrach zwischen Jasmin und Omar aus dem Weg zu gehen.

Diese näherte sich und gab Mike einen Kuss auf die Wange, bevor sie auch Omar umarmte.

„Ich wollte mit deiner Frau eine schöne Tasse Kaffee trinken", sagte sie leicht hin und nahm Platz.

„Hm", knurrte Omar nur, fuhr aber nicht fort in seiner Standpauke, die er jetzt zweifellos auch auf Kate ausgedehnt hätte, weil Rico Wagner, der Chef des Kaffeehauses, sich ihrem Tisch näherte.

„Du wolltest mich sprechen?", fragte er Omar, dann begrüßte er Kate und Jasmin. Omar schob sein angegessenes Tortenstück in Jasmins Richtung, die sich sofort darüber hermachte.

„Sag mal", fragte Omar den Konditormeister. „Wo würdest du im Stollen Cyanid, also das was man landläufig als Zyankali bezeichnet, unterbringen?"

Rico Wagner starrte ihn sprachlos an, dann schüttelte er langsam den Kopf und sah zu Mike. „Ist das ein Witz?", fragte er, aber der zuckte die Schultern.

„Ich fürchte, er meint es ernst."

Der Konditormeister runzelte die Stirn. „Ihr meint den Fall vorn bei Daniel? Ist es denn erwiesen, dass es der Stollen vom Heiko Flott war?"

Er sah von Omar zu Mike. Dieser nickte. Es hatte keinen Zweck, die Tatsachen zu verschweigen, die bereits in den sozialen Netzwerken diskutiert wurden.

„Oh je." Der Chef des Kaffeehauses nahm neben Mike Platz und schaute diesen betroffen an. „Wer bitte macht denn so etwas?"

Mike zuckte leicht die Schultern. „Wir sind damit erst

am Anfang. Herr Flott ist ja für den Stollen-Oscar vorgesehen?"

Rico Wagner nickte, dann runzelte er die Stirn. „Ihr denkt doch nicht...? Nein, also von uns war das sicher keiner. Einen Mitbewerber so auszuschalten, niemals." Er sagte das so vehement, als spreche er für alle Plauener Bäcker.

Omar, dessen Kaffee inzwischen ebenfalls wie seine Torte von Jasmin vertilgt worden war, klopfte leicht auf den Tisch, um die Aufmerksamkeit des Kaffeehausbesitzers wieder auf sich zu lenken.

„Also, wie würdest du das Zyankali in deinen Stollen mischen?", wiederholte er seine Frage.

Rico Wagner sah ihn etwas genervt an. „Ich pflege meine Kunden nicht zu vergiften."

„Rein hypothetisch", wandte jetzt Kate ein.

Der junge Mann lehnte sich zurück, gab der Bedienung ein kurzes Zeichen und orderte neuen Kaffee. Dann sah er zu Omar hin. „Also, da es ja nicht geschmacksneutral ist, würde ich es unter die Rosinen in Rum mischen und dann verbacken."

„Ha", machte Omar und grinste breit. „Genau das nämlich ist der Punkt. Cyanid ist nicht hitzebeständig, du kannst es nicht verbacken. Es muss in den fertigen Stollen gelangt sein."

„Und was sagt Heiko dazu?" Jetzt erst schien Rico Wagner das Offensichtliche zu erfassen.

Mike sah ihn an, während die Bedienung den Kaffee servierte und Bestellung neuer Torte für Omar und Jasmin aufnahm. Als sie sich entfernt hatte, sagte

Mike: „Heiko Flott ist verschwunden, seit drei Tagen."

Der Bäckermeister war alleinstehend und so hatten Mike und sein Team vor verschlossener Tür gestanden. Laut Flotts Mitarbeiter und Stellvertreter Mirko Moderig würde er sich ab und an eine kurze Auszeit gönnen. Meist ging er im Vogtland wandern und übernachtete auch draußen in der Natur, aber immer sagte er vorher Bescheid. Dieses Mal war er Freitagmorgen einfach nicht in der Backstube erschienen.

„Das ist seltsam", murmelte Rico Wagner und nahm einen Schluck von seinem Kaffee. „Jetzt, wo für uns Hochsaison ist, nimmt man sich doch keine Auszeit. Und außerdem, wer campt bei so einem Wetter im Wald?"

Kate hob die Hand. „Och, da gibt es scheinbar solche Freaks. Survival steht voll im Trend. Aber was du mit der Hochsaison sagst, macht Sinn." Sie sah zu Mike und der nickte. Es war an der Zeit Doktor Gebhardt, den Staatsanwalt, einzuschalten.

Inzwischen hatte sich Rico Wagner erhoben und klopfte leicht mit den Fingern auf den Tisch. „Ich muss mal wieder. Wäre schön, wenn ihr mich auf dem Laufenden haltet und wenn ich irgendwie helfen kann?"

Mike nickte ihm zu. „Danke, dann melden wir uns." Nachdem der Kaffeehausbesitzer in Richtung Küche verschwunden war, beugte sich Omar leicht nach vorn und sah Kate an.

„Um auch dich auf den neusten Stand zu bringen. Ich

hatte recht. Frau Habicht ist ursächlich nicht an dem Cyanid verstorben. Sie hatte einen Hinterwandinfarkt. Inwieweit das Cyanid verstärkend gewirkt hat, dazu sind noch weitere Analysen nötig."

Kate lehnte sich wieder zurück und nippte an ihrem Kaffee. „Dann wäre also der Stollen, so wir ihn gegessen hätten, nicht tödlich gewesen?"

Omar schüttelte den Kopf. „Nein, wir hätten zwar Vergiftungserscheinungen gehabt, ich weniger als du." Er strich sich demonstrativ über seinen Bauch. „Aber nein, gestorben wären wir daran wohl nicht."

Mike runzelte die Stirn. „Also hat der Täter nicht wissentlich den Tod eines Menschen eingeplant?"

„Kann man so sagen", murmelte Omar.

„Warum geht ihr von einem Mann aus?", wandte jetzt Jasmin ein, die ihr zweites Tortenstück vertilgt hatte. „Gift ist doch ein beliebtes Mittel von Frauen", schob sie nach und lächelte ihren Mann an, der die Augen aufriss. „Oh, da sollte ich mich wohl künftig vorsehen."

Er ließ sein tiefes Lachen hören, in das nach und nach alle einfielen und damit eine gemütlichere Stimmung einläuteten.

Kapitel 4

„Und ich muss sie wirklich reinlassen?" Die junge
Frau sah etwas ratlos auf das Schreiben, das Mike
Köhler ihr ausgehändigt hatte.

Marianne Jäger trat neben sie. „Frau Beer, ihr Nachbar wird vermisst und das ist ein Beschluss des
Staatsanwaltes. Sie haben einen Schlüssel. Sollen wir
wirklich einen Schlüsseldienst beauftragen?"

Seufzend schüttelte die Angesprochene den Kopf.
Obwohl ihr anzusehen war, dass sie eine andere Meinung hatte, griff sie nach innen an ein Schlüsselbrett
und nahm einen kleinen Schlüsselbund mit Anhänger in Form eines Brotes herunter. „Also dann."

Sie trat vor und steckte den Schlüssel ins Schloss der
Nachbarwohnung.

„Aber ich gehe mit rein", sagte sie, ohne die Tür zu
öffnen. Dabei sah sie Mike und Marianne fordernd
an.

„Darum wollten wir sie sowieso bitten", sagte diese
und nickte in Richtung Tür. Schließlich schloss die
junge Frau auf und wollte eintreten.

Mike hielt sie zurück. „Ich gehe vor", sagte er bestimmt und keinen Widerspruch duldend.

Larissa Beer sog scharf die Luft ein. „Sie denken doch
nicht das Heiko…" Sie schluckte hörbar. „Tot sein
könnte?"

Marianne Jäger sah sie an. „Möglich wäre es, oder
waren sie in den letzten drei Tagen in der Wohnung?"

Die junge Frau schüttelte den Kopf. „Ich bin doch erst gestern spät von Berlin zurückgekommen und da Heiko schon so früh raus muss, habe ich auch nicht bei ihm geklingelt. Mir ist nicht aufgefallen das er nicht da ist."

Mike erschien wieder in der Tür. „Alles in Ordnung", sagte er in Richtung Marianne und diese nickte Larissa Beer zu einzutreten.

Die Wohnung von Heiko Flott war klein, aber gemütlich. Naturfarben dominierten und das Möbel ließ einen schwedischen Möbelhersteller erkennen. Überall waren wunderbare Naturaufnahmen an den Wänden.

Als Marianne sie betrachtete, sagte die junge Frau: „Heiko ist ein leidenschaftlicher Naturmensch und Fotograf. Jede freie Minute verbringt er draußen im Wald."

Sie gingen in Richtung Küche, als Frau Beer in der Diele stehen blieb. „Sein Rucksack, er ist weg und auch sein Zelt." Sie zeigte auf eine leere Stelle auf dem Laminat. Mike und Marianne sahen sich an. Sollte Heiko Flott wirklich auf einem seiner Waldtrips sein und nicht mitbekommen haben, was gerade passiert war? Aber warum hatte er sich nicht bei seinen Mitarbeitern abgemeldet?

Larissa Beer deutete auf die Schlafzimmertür.

„Dort hat er immer seine Fotoausrüstung. Die müsste ja auch weg sein."

Gemeinsam mit den Kriminalisten betrat sie den Raum und deutete auf ein Sideboard.

„Weg", sagte sie, fast ein wenig triumphierend.
Während Mike zurück in die Diele und in Richtung
Küche ging, sah sich Marianne noch etwas um.
Nichts Ungewöhnliches, außer der Tatsache, dass die
gesamte Wohnung für einen alleinstehenden Mann
auffallend sauber und ordentlich war.

„Ist alles wie immer?", fragte sie die junge Frau, die
nickte.

„Ja, alles an seinem Platz. Ich denke, Heiko hat eine
Auszeit genommen und…" Plötzlich stockte sie und
ging vor dem Bett etwas in die Hocke. Sie zog einen
handtellergroßen Plüschelch unter dem Bett hervor
und hielt ihn fest in der Hand. Man sah, dass das
Plüschtier schon einige Jahre auf dem Buckel hatte, es
wies kahle Stellen im Fell auf und das Geweih wirkte
in der Farbe verschossen.

„Das ist seltsam", sagte sie leise und betrachtete den
Elch mit gerunzelter Stirn. Marianne war neben sie
getreten und sah das Plüschtier ebenfalls an.

„Was?", fragte sie schließlich, als sich Larissa Beer
auf die Ecke des Bettes setzte und den Plüschelch anstarrte.

„Heiko geht nirgends ohne seinen Fred hin. Er ist
sozusagen sein Talisman. Kein Tripp ohne Fred, es
gibt sogar eine kleine Bilderserie von ihm im Wald.
Heiko wollte irgendwann einmal ein Kinderbuch daraus machen, der kleine Elch Fred im Wald. Um Kinder für die Natur zu sensibilisieren."

Sie schüttelte den Kopf. „Also, dass er ohne ihn gegangen ist, das kann ich mir einfach nicht vorstellen."

Marianne sah sie eindringlich an. „Vielleicht war er in Eile?"

Wieder schüttelte die junge Frau den Kopf. „Und dann wirft er ihn einfach unters Bett? Niemals", sagte sie bestimmt.

In diesem Moment kam Mike zurück. Irgendetwas an seiner Miene alarmierte sie.

„Komm mal mit", sagte er und deutete mit einer Geste Larissa Beer, die gerade aufstehen wollte, sitzen zu bleiben. Er führte Marianne in die Küche. Sie sah jetzt erst, dass Mike Handschuhe übergestreift hatte. Er zog die Tür unter der Spüle auf und deutete hinein. Neben landläufigen Haushaltshandschuhen lag eine Einmalspritze mit Kanüle und ein Fläschchen mit einer Gummikappe. Dieses war noch bis zur Hälfte gefüllt.

Marianne sah zu Mike hin. „Denkst du auch…?"

Er nickte. „Ich rufe Karsten an", sagte er.

Marianne holte hörbar Luft.. Karsten Windisch, der Leiter der Spurensicherung und sein Team würden jetzt hier dringend gebraucht.

„Glaubst du allen Ernstes, Heiko Flott vergiftet seine eigenen Stollen?" Kate sah Mike an, der sich gerade einen Kaffee geholt hatte und sich zu ihr an den Küchentisch setzte. Er nahm einen Schluck, lehnte sich zurück und musterte sie eindringlich.

„An diesem Fall ist so gut wie alles seltsam. Mitten in der Stollensaison verschwindet der Bäckermeister, der zudem für einen Stollenoscar nominiert ist, scheinbar irgendwo in den vogtländischen Wäldern. Es fehlen sein Rucksack, sein Zelt und seine Kameraausrüstung. Laut seiner Nachbarin hat er immer seinen Talisman, diesen Plüschelch, dabei. Der lag aber unter seinem Bett. Dann finden wir in seinem Küchenschrank eine gebrauchte Spritze und eine Menge Cyanid, mit der man hunderte weitere Stollen vergiften könnte."

Kate drehte ihre Kaffeetasse zwischen den Händen hin und her. Schließlich sah sie Mike an. „Was ist dieser Heiko Flott eigentlich für ein Mensch?"

Mike zuckte die Schultern. „Irgendwie habe ich das Gefühl, er ist der große Unbekannte. Er ist 35 Jahre alt, alleinstehend, wohnt erst seit zwei Jahren in Plauen, hat dafür aber beruflich viel erreicht und mit seinen Naturprodukten ziemlich den Nerv der Zeit getroffen und sich gut gegen Konkurrenten durchsetzen können. Privat? Laut seiner Nachbarin ein Typ Naturbursche, der, wie schon gesagt, immer mal in den Wäldern verschwindet. Seine Mitarbeiter beschreiben ihn als ruhigen, sachlichen und sehr sozialen Chef, der aber wenig bis nichts über sich preisgibt. Sein Geselle, Mirko Moderig, vertritt ihn immer bei Abwesenheit. Er ist scheinbar auch der Einzige, der näheren Kontakt zu ihm hat."

Kate sah Mike an. „Und?", fragte sie nach.

„Das Problem ist, dass Flott sein Handy abschaltet, wenn er im Wald unterwegs ist."

Kate runzelte die Brauen und griff über den Tisch, um sich noch ein Croissant zu nehmen. Während sie es langsam mit Butter und Marmelade bestrich, sagte sie: „Also welcher Chef ist heute nicht erreichbar?"

Mike grinste. „Tja, scheinbar geht es. Du solltest nicht von dir auf andere schließen."

Dann wurde er wieder ernst. „Jedenfalls hoffen wir, ihn schnellstmöglich zu finden. Sein Geselle hat uns gesagt, welche Routen er sonst favorisiert und die Förster der Region wurden von uns informiert, die Augen aufzuhalten."

Kate sah zum Fenster. Es ging ein leichter Nieselregen nieder, der mehr und mehr in Schnee überging und die Temperatur war in den einstelligen Bereich, nahe dem Gefrierpunkt, gerutscht.

„Wer zeltet denn bei diesem Wetter noch freiwillig im Wald?", murmelte sie und Mike lachte. „Naturburschen?"

Als sie ihn ansah, nahm er beide Hände nach oben.

„Also ich nicht. Mich gruselt es schon bei der Vorstellung, dass du bei diesem Wetter joggen gehst."

Kate lächelte. „Aber ich gehe anschließend unter die Dusche und unser Haus ist zudem warm und trocken. Das ist sehr wohl ein Unterschied."

Schließlich holte sie tief Luft und lehnte sich fest gegen die Lehne ihres Stuhles.

Mike, der gerade von seinem Brötchen abgebissen hatte, legte dieses auf den Teller zurück und sah sie an. „Kate, was ist los? Du hast doch was auf dem Herzen."

Sie sah ihn an und nickte. „Ja. Hältst du mich eigentlich auch für eine emotionale Baustelle?"

Mike starrte sie an. „Was?"

Kate seufzte etwas und erzählte schließlich von ihrem Gespräch mit Jasmin. Mike hatte aufmerksam zugehört und sah Kate schließlich an.

„Kate", sagte er und seine Stimme hatte etwas eindringliches. „Du bist ein sehr analytischer denkender und handelnder Mensch. Außerdem verstehst du es, besonders auf der Gefühlsebene, dienstliches und privates zu trennen. Du kannst deine Gefühle einkapseln, vielleicht wirkt das auf den einen oder anderen, als wärst du nicht an seinem persönlichen Schicksal interessiert, aber das ist kompletter Unsinn. Ich denke einfach, dass viele nicht so richtig hinter deine professionelle Fassade schauen, und weißt du was? Das ist auch gut so. Also, als emotionale Baustelle würde ich dich nun wirklich nicht bezeichnen."

Er hatte sich erhoben und war hinter ihren Stuhl getreten. Bei den letzten Worten hatte er seine Hände auf ihre Schultern gelegt und nun küsste er sie auf den Kopf. Kate griff nach hinten und legte ihre rechte Hand auf die seine.

„Danke", sagte sie leise. Sie spürte, wie Mike nickte und sich schließlich von ihr löste.

„Weiß du", sagte sie nach einer Weile zögerlich. „Meine Mutter hat nie irgendwelche Gefühle gezeigt, sie war weder gereizt noch schlecht gelaunt noch besonders fröhlich oder gar ausgelassen. Das machte sie auf der einen Seite sehr kalkulierbar, aber im Nachhinein betrachtet, machte es mir auch Angst. Und meine Großmutter, also die Frau, die ich immer dafür gehalten habe, war auch nicht anders."

Sie brach ab und rührte in ihrem Kaffee. Mike hatte sich wieder auf seinen Stuhl gesetzt und sah sie an.

„Und dein Vater?", fragte er.

Kate lächelte. „Pa war ganz anders. Er konnte streiten, mit mir zum Beispiel und glaube mir, als Teenager habe ich ihm nichts geschenkt." Sie lachte bei der Erinnerung. „Er hat viele Dinge mit mir unternommen, wann immer er Zeit hatte. Als wir in den Staaten waren, war die ohnehin knappe Zeit mit ihm noch knapper. Aber wenn. Er war es auch, der unseren ersten gemeinsamen Ausflug in Amerika nach Disneyland mit uns unternahm. Meine Mutter war entsetzt, aber wir beide amüsierten uns köstlich. Wir aßen Zuckerwatte und fuhren Achterbahn, bis uns schlecht wurde."

Mike erinnerte sich an das Foto, das er damals hier im Haus gesehen hatte. Ein junges Mädchen in Disneyland, eng an ihren Vater gelehnt und daneben, auf Distanz, ihre Mutter.

Inzwischen war Kate wieder ernst geworden. „Nach dem 11. September, als ich meine Eltern verloren hatte…" Sie zögerte kurz und sah ihn dann an. „Ich habe um meine Mutter getrauert, aber der Tod meines Vaters hat mich aus der Bahn geworfen. Ich habe nicht gedacht, dass ich jemals darüber hinwegkomme. Mein Chief hat damals alles getan, dass ich nicht allein war in den nächsten Wochen. Aber schließlich…" Sie zuckte die Schultern und sah wieder in ihren Kaffee. „Das Leben musste ja irgendwie weiter gehen. Also habe ich versucht, diesen Schmerz in mir zu verkapseln. Er bricht immer einmal wieder hervor, aber es wird seltener. Besonders seit wir uns kennen."

Mike schwieg und sah sie nur an. Schließlich hob sie den Kopf. „Am Anfang kam es mir wie ein Verrat an meinem Dad vor, aber jetzt?" Plötzlich breitete sich ein Lächeln auf ihrem Gesicht aus. „Er würde sich freuen, das würde er. Endlich einen Schwiegersohn und einen, den er durchweg akzeptieren würde, obwohl du kein Mediziner bist."

Mike lachte leise. „Na, das tröstet mich ja", sagte er und goss Kate noch eine Tasse Kaffee ein. Dabei streifte er ihre Hand. „Ich sage es noch einmal, mein Schatz, du bist keine emotionale Baustelle."

Sie nickte. „Danke", sagte sie leise und nahm einen kräftigen Schluck aus der frisch gefüllten Tasse.

Kerstin Nagler klopfte an Omars Bürotür, die einen Spalt offenstand. „Komm rein", rief es von innen.

„Chef, Jamie hat mich gerade angerufen. Sie haben zwei Fälle in der Notaufnahme. Verdacht auf Cyanidvergiftung."

Sie hatte den Kopf um die Ecke der Tür gereckt, wo Omar gerade am Schreibtisch einige Daten in seinen PC eingab. Wie elektrisiert sprang er auf.

„Was?", fragte er ungläubig.

Seine Assistentin nickte. „Ich bin dann unten", sagte er, stürmte an ihr vorbei und rannte, noch hektisch seinen Kittel überstreifend, in Richtung Ausgang des Pathologischen Institutes. Kopfschüttelnd sah Kerstin Nagler ihm nach, die heruntergefallenen Papiere aufhebend, die er bei seinem abrupten Aufbruch vom Schreibtisch gerissen hatte.

„Doktor Amri, also bei uns leben alle noch", wurde Omar von einer fülligen Mittfünfzigerin begrüßt. Dieser lachte sie an und reichte ihr die Hand. „Das will ich doch hoffen, Schwester Marga."

Dann wurde er ernst. „Sie sollen hier zwei Cyanidvergiftungen haben?"

Die Schwester nickte und deutete in einen Raum. „Ja, dort drüben. Ein Ehepaar. Sind aber schon stabilisiert und werden jetzt auf Station verlegt." Dann musterte sie Omar nachdenklich. „Ist es das was ich vermute?", fragte sie, nachdem sie sich mit einem Rundumblick versichert hatte, das niemand zuhörte. Der Pathologe seufzte. Schließlich nickte er.

Schwester Marga holte tief Luft. „Dann sollte die Bevölkerung gewarnt werden, nicht das noch jemand stirbt." Ihre Stimme klang eindringlich.

Omar schüttelte den Kopf. „Wer immer irgendwelche Gerüchte in die Welt gesetzt hat, die alte Dame ist an einem Myokardinfarkt gestorben, nicht an dem Cyanid."

Die Krankenschwester riss die Augen auf. „Ach was? Da sehen sie mal, dass ein Krankenhaus wirklich die reinste Gerüchteküche ist. Jeder hier hat erzählt, die Frau wäre an dem vergifteten Stollen verstorben."

Kopfschüttelnd ging sie zurück zu ihrem Tresen, als ein Arzt direkt auf Omar zusteuerte. „Ach, der Kollege Amri. Sie wollen doch nicht etwa…"

Omar hob die Hand. „Nein, das sagte ich bereits Schwester Marga, Herr Kollege. Kein Interesse an ihren Patienten, zumindest was mein Fachgebiet angeht." Er deutete nach rechts. „Ich habe gehört, sie haben zwei Cyanidvergiftungen?"

Der ältere Arzt nickte. „Ja, aber außer Lebensgefahr. Wir konnten rechtzeitig gegensteuern mit einer intravenösen Kombination aus Dimethylaminophenol und Natriumthiosulfat. Sie werden gerade auf meine Station verbracht."

Omar nickte. „Nur noch eine Frage, was war der Grund für die Vergiftung?" Der internistische Chefarzt atmete tief ein. „Die beiden älteren Herrschaften, ein Ehepaar, haben Kaffee getrunken und jeder ein Stück Stollen gegessen. Danach wurde ihnen übel und der Mann hat den Notruf abgesetzt. Im Übrigen, es war Stollen von der Bäckerei Flott." Als er sah, wie Omar sein Smartphone zückte, legte er ihm die Hand auf den Arm. „Ich habe die Polizei bereits informiert"

„Sie wollen was?" Mirko Moderig starrte abwechselnd auf Mike Köhler und auf das Schriftstück in seiner Hand. „Die Auslieferung aller Stollen sofort stoppen."

Mike atmete tief ein. Sein Gegenüber schien den Ernst der Lage einfach nicht verstehen zu wollen. „Herr Moderig, es gab zwei neue Vergiftungsfälle, eindeutig von einem Stollen der Bäckerei Flott."

Der Geselle drehte das Schriftstück in seiner Hand hin und her. „Das dürfen sie nicht", murmelte er und wandte jetzt seinen Blick zu Marianne Jäger, die neben Mike stand. Dieser deutete auf das Blatt Papier in der Hand des Bäckers. „Doch, dürfen wir. Das ist ein Beschluss der Staatsanwaltschaft. Also, die Auslieferung wird gestoppt. Wir kümmern uns darum, dass die bereits ausgelieferten Stollen nicht verkauft werden. Wir brauchen eine Liste aller ihrer Kunden."

„Das ist Willkür. Die wollen doch nur verhindern das Heiko den Stollen-Oskar bekommt." Eine junge Frau in Bäckerkleidung war zu ihnen getreten und starrte Mike mit einem vernichtenden Blick an.

„Wer sind die?", fragte dieser zurück.

„Na die sogenannten renommierten Plauener Bäcker, wer denn sonst? Die können es doch nicht ertragen, wenn ein Newcomer und noch dazu ein Biobäcker so durchstartet. Das ist ein Anschlag auf unsere Bäckerei, ganz klar." Das sie wütend war, zeigte ihre gesamte Körpersprache und ihre Stimme zitterte.

Jetzt trat Marianne etwas näher heran. „Haben sie denn Beweise für ihre Anschuldigungen, Frau…?"

Diese machte eine verächtliche Geste. „Als ob das jemand interessiert. Hier stecken alle unter einer Decke."

„Aber mich interessiert es", ließ Marianne nicht locker. Die junge Frau schüttelte den Kopf und ließ sie einfach stehen. „Ich habe zu arbeiten. Noch", rief sie über die Schulter zurück und warf die Tür beim Hinausgehen ins Schloss.

Mirko Moderig sah ihr nach und machte dann eine entschuldigende Geste zu den beiden Kriminalbeamten. „Sandy hat erst im vergangenen Jahr ausgelernt und Heiko hat sie gleich angestellt, als sie sich hier beworben hat. Sie wollte unbedingt in eine Biobäckerei, weil es ihr Ding ist, wie sie sagte. Sie dürfen es ihr nicht übelnehmen, aber es ist nicht leicht für sie, jetzt, wo wir alle nicht wissen wie es weiter geht."

Mike deutete auf die Tür, hinter der die junge Frau verschwunden war. „Was halten sie von den Anschuldigungen?"

Der Geselle schüttelte den Kopf. „Also ich glaube nicht, dass das einer aus der Innung machen würde. Nein, ausgeschlossen. Der Markt mag umkämpft sein, aber so etwas, nein."

Mike sah Marianne an und diese nickte kurz. „Gut, Herr Moderig, haben sie etwas von ihrem Chef gehört?"

Dieser schüttelte den Kopf. „Nichts. Ehrlich, Herr Hauptkommissar? Ich mache mir inzwischen wirklich Sorgen. Klar ist er immer mal zu seinen Survival Trips aufgebrochen und war dann auch nie erreichbar, aber immerhin hat er sich abgemeldet. Dieses Mal nicht."

Mike nickte. „Gut. Bitte benachrichtigen sie uns sofort, falls sie etwas von ihm hören und jetzt bitte die Kundenliste. Sie veranlassen den Stopp der Auslieferungen?"

Der Geselle seufzte auf. „Was bleibt mir weiter übrig?"

Er deutete zur Tür. „Frau Lisch macht bei uns ein paar Stunden die Buchhaltung. Sie ist gerade oben. Ich rufe sie an, dass sie ihnen die Liste gibt." Mit einem Nicken verließen Mike und Marianne die Backstube.

Mike sah zu Marianne hin. Sie saßen wieder in seinem Büro und dachten gerade jeder über das Gespräch in der Bäckerei Flott nach.

„Genau genommen ist das jetzt eine Sache für die Vermisstenstelle und nicht mal das. Heiko Flott ist volljährig und kann zelten, wo und wann er will. Dass er seinen Plüschelch nicht dabei hat, ich bitte dich." Mike schüttelte den Kopf. „Außerdem." Er deutete auf seinen Laptop. „Außerdem hat Omar gerade den abschließenden Obduktionsbefund von Frau Habicht geschickt. Sie hatte eindeutig einen Myokardinfarkt und das Zyankali war in der Dosierung nicht todesursächlich. Damit haben wir lediglich drei Vergiftungsfälle, aber ohne letalen Ausgang. Die Rückrufaktion geht eben in die Medien, die Auslieferung bei Flott ist gestoppt. Also wenn es wirklich nur der Stollen ist, dann dürften wir die Sache im Griff haben."

Er atmete tief ein. Marianne spürte seine Erleichterung. Nach dem voran gegangenen Fall mit drei Toten, der weit über die Grenzen Plauens hinaus Schlagzeilen gemacht hatte, schien er mehr als froh zu sein, dass dieser hier wenig spektakulär beendet werden könnte.

„Trotzdem wissen wir noch nicht, wer wirklich das Cyanid in die Stollen gespritzt hat", wandte Marianne nach einer Weile ein.

Mike winkte ab. „Warte bis dieser Heiko Flott wieder auftaucht. Er kann ja nicht ewig da draußen campen. Entweder er war es wirklich selbst, was mir auch sehr unwahrscheinlich erscheint oder er hat den entscheidenden Hinweis für uns. Weißt du, was ich glaube? Es geht wirklich um diesen Stollenoscar. Und nachdem jetzt die Rückrufaktion öffentlich geworden ist, wird derjenige frohlocken, denn Flott ist damit raus aus der Wertung."

Marianne nickte, wenn auch etwas zögerlich. „Gut, dann sollten wir die anderen Kandidaten einmal näher unter die Lupe nehmen."

Ihr Chef lächelte sie an. „Genau!"

„Unsere neue Rangerin. Mein Gott, kann denn niemand mehr Försterin sagen?"

Marina Wieder schüttelte den Kopf und stapfte durch das Unterholz. Vor einer Stunde hatte der Bürgermeister ihre Nachfolgerin vorgestellt, die Marina ab nächste Woche einarbeiten sollte.

„Unsere neue Rangerin, Sara Mischke. Sie hat sich für unser schönes Vogtland entschieden, obwohl sie nach ihrer Ausbildung in Brandenburg und einem Einjahrespraktikum in den Wäldern Kanadas durchaus andere Optionen offen gehabt hätte. Aus diesem Grund freuen wir uns ganz besonders, bla, bla, bla."

Die Rede des Bürgermeisters hatte eine einzige Schleimspur hinterlassen. Dabei, so musste sich Marina eingestehen, war die Neue eine recht patente junge Frau und nach einigen Sätzen ihres kurzen Gespräches hatte sie schon eine große Fachkompetenz herausgehört.

„Ich bin froh, dass ein alter Hase wie sie mich unter seine Fittiche nimmt, Frau Wieder. Wenn ich das mal so salopp sagen darf."

Ihre großen braunen Augen hatten Marina dabei so angestrahlt, dass diese ebenfalls gelächelt hatte. Naja, es beruhigte sie schließlich auch, wenn sie ihre Reviere in gute Hände übergeben konnte. Immerhin merkte sie gerade bei diesem feuchten Wetter jedes einzelne ihrer sechsundsechzig Jahre. Im Alter von Sara Mischke hatte ihr das noch nichts ausgemacht.

„Es wird einfach Zeit für uns, nicht wahr, TRex?"

Sie sah auf ihren Deutschen Wachtelhund, dessen

seltsamer Name auf ihren Enkelsohn Max zurück
ging, der ein ausgemachter Dinosaurierfan war.

Er hatte den damals noch jungen Hund einfach statt
Rex TRex genannt. Seltsamerweise hörte der Hund
nur noch auf diesen Namen und so war es geblieben.
Eigentlich hätte sie ihn schon längst in den Ruhe-
stand schicken müssen, aber sie hatte entschieden,
dass er für die letzten Wochen noch Dienst an ihrer
Seite tun konnte, um dann gemeinsam mit ihr endlich die wohlverdiente Rentenzeit zu genießen.

Sie waren quer durch das Gestrüpp gelaufen, so sehr
war Marina in ihre Gedanken versunken, dass sie
erst daraus hochschrak, als ihr Hund plötzlich stehen
blieb und die Ohren aufstellte. Jetzt sah auch sie es,
ein Zelt, mitten im dichtesten Geäst.

„Also so etwas", murmelte sie und dann fiel ihr das
Rundschreiben der Polizei ein. Sollten nicht alle Re-
vierförster nach einem Zelt und einem jungen Mann
Ausschau halten, der gern in den vogtländischen
Wäldern zeltete?

Aber gerade hier? Es gab bei Gott schönere Plätze
und dann bei diesem Wetter. „Hallo", rief sie und
ging langsam näher. Sie sah auf TRex, aber der
machte keinen unruhigen Eindruck. Also ging sie die
wenigen Meter direkt auf das Zelt zu.

„Hallo", rief sie noch einmal, dann schlug sie die vor-
dere Zeltplane etwas auseinander und leuchtete mit
ihrer Taschenlampe hinein. Ein Schlafsack lag, ordentlich ausgerollt auf einer Isomatte, daneben ein
paar Lebensmittel, fest verpackt und schließlich eine

ziemlich teuer aussehende Kamera. Mit gerunzelter Stirn ließ sie die Zeltplane wieder fallen und sah sich um. Sie machte die Taschenlampe aus und blickte Richtung Himmel. „Weißt du was?", sagte sie zu ihrem Hund. „Es fängt gleich an zu schneien und ich habe keine Lust, mir hier in der Nässe die Beine in den Bauch zu stehen. Wir gehen jetzt nach Hause und rufen von dort die Polizei an. Ich gebe ihnen die Koordinaten durch, dann können sie entscheiden, ob sie abends noch hier rausfahren oder nicht."

TRex schien ihre Meinung zu teilen, denn er machte einen großen Satz nach vorn, schnüffelte etwas, drehte dann ab und rannte tiefer in das Gestrüpp hinein. Seufzend folgte Marina Wieder ihm. Wenn er so reagierte, war oft verletztes oder verendetes Wild in der Nähe. Schließlich hörte sie sein Bellen. Also hatte er etwas aufgespürt. Sie umrundete einen Baum und sah TRex unter einem anderen Baum sitzen und seltsamerweise nach oben bellen. Welches Tier hatte sich dort hinauf geflüchtet? Sicher eine Katze.

„Lass sie in Ruhe", rief Marina und schüttelte den Kopf. Sicher war das Tier verängstigt immer weiter nach oben geklettert und jetzt stand zu befürchten, dass es nicht mehr aus eigenen Kräften herunterkam. TRex, sonst ein Musterbeispiel an Gehorsam, bellte unbeeindruckt weiter.

Marina nahm ihre Taschenlampe und leuchtete nach oben in das Geäst. „So, jetzt ist aber…"

Sie brach abrupt ab, als sie Beine in der Luft baumeln sah.

41

„Suizid?", fragte Mike Omar, der neben dem Toten kniete, den die Feuerwehr gerade vom Baum heruntergeholt und auf eine Plane gelegt hatte.

Der Pathologe sah ihn scharf an. „Darf ich ihn mir vielleicht erst einmal in Ruhe anschauen?"

Mike hob die Hände und trat zurück. Dort stand Karsten Windisch. „Mensch, ist der gereizt," murmelte er und Mike zuckte nur mit den Schultern.

Sie wussten alle, dass Omars Nerven wegen der bevorstehenden Geburt seiner Zwillinge nahezu blank lagen, was die Zusammenarbeit mit ihm nicht gerade erleichterte.

Der Leiter der Spurensicherung reichte ihm einen Ausweis. „Damit ist die Identität wohl geklärt. Es ist Heiko Flott."

Mike seufzte und sah zu Omar hinüber, der immer noch neben dem Toten auf der Plane kniete. Karsten deutete auf eine umgefallene Leiter, die von dem dicken Baumstamm nahezu verdeckt wurde.

„Damit ist er wahrscheinlich hinaufgeklettert, hat die Schlinge um einen starken Ast gelegt und sich daran aufgehängt."

„Nein, so war es nicht." Omar hatte sich mit einem lauten Stöhnen erhoben und streckte sich. Er sah Karsten an. „Wenn ihr hier fertig seid, lasst ihn gleich ins Institut bringen und mit gleich meine ich gleich."

Dieser drehte die Augen nach oben.

„Hexen können wir auch nicht", knurrte er. „Was meinst du eigentlich, so war es nicht?"

Omar zog den Overall der Spurensicherung aus.

„Ganz einfach, weil er einen gehörigen Schlag abbekommen hat, genau hier." Er deutete auf den Hinterkopf. „Der Täter hat allerdings etwas zu fest zugeschlagen. Zwar ist die Haut nahezu unverletzt, aber der Schädelknochen ist gebrochen und lässt sich verschieben."

Er warf den Overall in einen bereitstehenden Sack und die Handschuhe gleich mit. Dann sah er an dem Baum hoch. „Trotzdem, ein ganz schöner Kraftakt, jemand dort hochzuhieven."

Karsten verstand. „Also sollten wir uns den Baum genau ansehen."

Omar nickte. „Ich bin überzeugt, dass ihr Spuren einer Art Seilwinde oder so etwas findet." Er sah noch immer den Baum an und dann Richtung Himmel.

„Für Abend ist richtig viel Schnee gemeldet, nicht wahr?"

Mike nickte, sichtlich verwirrt. „Ja und?"

Omar sah ihn an und schüttelte den Kopf. „Du stehst aber heute auch etwas auf der Leitung, oder? Spätestens morgen früh ist hier alles zugeschneit und die Wahrscheinlichkeit, dass dann der Tote schnell entdeckt wird, ginge gegen Null. Irgendwann, im Laufe des Verwesungsprozesses, wäre er von allein heruntergefallen, im Stück oder auch nicht im Stück. Das hätte dann auch die Schädelverletzung erklärt, jedenfalls bei einer einfachen Leichenschau. Und wenn man von einem Suizid ausgeht, warum noch weiter untersuchen? Den Baum hätte dann auch niemand mehr genau inspiziert."

Mike nickte. Omar hatte recht, diesen Gedanken hatte er noch nicht zu Ende gedacht.

„Jedenfalls haben wir jetzt einen Mord", sagte Marianne Jäger, die jetzt erst zu ihnen getreten war und der Blick, den Mike ihr zuwarf, sprach Bände.

Kapitel 5

„Die behaarte Kopfhaut ist unversehrt, an der Kopfhautoberfläche ist kein Anhaltspunkt für eine Verletzung erkennbar, obwohl sich laut Tastbefund vom Auffindeort darunter eine Schädelfraktur befindet." Omar hatte die äußere Leichenschau abgeschlossen, als sein Smartphone, das gut erreichbar auf einem kleinen Tisch in der Nähe lag, klingelte. Er sah auf die Anruferkennung, zog seinen Handschuh aus und nahm das Gespräch an.

„Kate?", fragte er mit Unruhe in der Stimme.

„Hör zu, bei Jasmin ist die Fruchtblase geplatzt und die Wehen setzen ein, wir sind jetzt auf dem Weg in die Klinik."

Omar drehte sich fast komplett um sich selbst, während seine Assistentin geistesgegenwärtig ihm den zweiten Handschuh auszog und die Bänder des Einmalkittels löste. „Wie? Ich meine, im Krankenwagen, oder?", stammelte er.

„Ich fahre sie", sagte Kate ruhig.

„Schatz, es geht mir gut, reg dich bitte nicht auf", hörte er Jasmins Stimme aus dem Hintergrund.

„Warum habt ihr keinen Krankenwagen gerufen?"

„Weil nicht zu befürchten ist, dass die Kinder in den nächsten zehn Minuten zur Welt kommen. Länger brauche ich nämlich nicht."

Kates Ruhe machte ihn ganz verrückt. „Ja aber…"

„Also, du weißt Bescheid." Damit beendete sie das Gespräch und Omar starrte verdutzt auf sein

Smartphone.

„Chef?" Omar hob langsam den Kopf und sah seine Assistentin an. Diese lächelte zaghaft. „Sie sollten sich duschen und umziehen."

Er nickte, dann sah er auf den Toten. „Die Autopsie…"

Kerstin Nagler deutete zur Tür. „Ich mache sie zu Ende. Chef, sie haben mir nun wirklich alles beigebracht und jetzt kann ich es einmal unter Beweis stellen. Wenn es Unklarheiten gibt, können sie sie in ein paar Stunden auch noch beheben."

Der Pathologe nickte. „Also gut. Mach weiter. Danke." Er zögerte noch eine Weile, dann ging er nach draußen. Kerstin Nagler hörte kurz darauf die Dusche rauschen. Sie legte sich das benötigte Besteck zurecht, als Omar, frisch geduscht und etwas derangiert, wieder in der Tür erschien. Seine Assistentin lächelte, ging auf ihn zu, stellte sich auf die Zehenspitzen und richtete ihm den Kragen des Hemdes.

„So, jetzt können sie gehen."

Er deutete zum Leichnam von Heiko Flott. „Wenn du fertig bist, ruf bitte gleich Mike Köhler an und besprecht dann hier mit ihm die Befunde. So mache ich es immer."

Kerstin Nagler nickte. „Aber das weiß ich doch, Chef. Und jetzt helfen sie erst mal ihrer Frau die beiden Racker auf die Welt zu bringen."

Omar holte so tief Luft, dass es die Knöpfe seines Hemdes zu sprengen schien. Dann packte er den Kopf seiner Assistentin und drückte ihr einen Kuss auf die Stirn. „Danke Kerstin und lassen sie sich ja nicht von diesem wildgewordenen Schotten entführen. Das lasse ich keinesfalls zu."

Diese lachte. Ihr Chef lebte in der ständigen Angst, ihr Freund, Jamie Macintosh, der als Assistenzarzt auf der Neurochirurgie im Krankenhaus arbeitete, könnte Sehnsucht nach seiner Heimat Schottland bekommen und sie mitnehmen.

„Aber jetzt raus", sagte sie gespielt streng und schob Omar zur Tür hinaus. Dann wandte sie sich mit einem kleinen Kopfschütteln wieder dem Toten zu.

„Na, da wollen wir mal", sagte sie leise und rückte das Mikrophon auf ihre Körpergröße zurecht.

Es war für Mike etwas irritierend, dass ihm heute nicht der hünenhafte Omar an seinem Schreibtisch gegenübersaß, sondern dessen zierliche Assistentin. Obwohl es für sie das erste Mal war, dass sie unter diesen Umständen eine Autopsie eines potenziellen Mordopfers allein abgeschlossen hatte, schien sie ruhig und unbeschwert wie immer.

„Also, Herr Hauptkommissar. Wie der Chef bereits am Auffindeort vermutet hat, wurde Heiko Flott mit einem schweren Gegenstand niedergeschlagen. Dieser hat zu keinerlei Verletzungen auf und an der Kopfhaut geführt, aber zu einer Fraktur des Schädels im Bereich des Hinterhauptbeines."

Sie zeigte ihm eine Aufnahme an ihrem Laptop, den sie zu ihm herumdrehte. „Er dürfte sofort bewusstlos gewesen sein." Sie drehte den Laptop wieder zu sich. „Bei dem Gegenstand handelt es sich mit großer Wahrscheinlichkeit um etwas längliches, vielleicht einen Baseballschläger, auf alle Fälle glatt, also kein einfacher Holzknüppel aus dem Wald. Da hätten wir Spuren gefunden."

Sie lehnte sich etwas zurück. „Die Folge des Schlages war die Fraktur und eine subdurale Blutung, die letztendlich todesursächlich war."

Mike sah sie interessiert an. „Wie viel Zeit war zwischen dem Schlag und dem Tod?"

„Maximal 12 Stunden, eher weniger. Jedenfalls war er bereits tot, ehe man ihn an dem Baum aufgehängt hat." Sie scrollte nochmals durch ihren Bericht. „Außerdem hatte er keine Abwehrverletzungen. Daher glaube ich, der Schlag kam unerwartet von hinten. Das passt auch zum Verletzungsmuster. Mutmaßlich war der Täter in etwa so groß wie er selbst oder etwas größer. Ich habe noch Proben von Hautpartikeln seiner Hände in Auftrag gegeben. Also, sollte er mit dem Cyanid in Berührung gekommen sein, werden wir es herausfinden. Allerdings kann es ein paar Tage dauern." Sie zuckte entschuldigend die Achseln, und fuhr dann fort. „An beiden Handgelenken habe ich alte Schnittverletzungen gefunden, mindestens zehn bis fünfzehn Jahre alt, vielleicht auch älter. Sie sehen aus wie ein alter Suizidversuch. Weiterhin gab es ältere und jüngere Analfissuren."

Mike setzte sich aufrecht hin. „Dann war Heiko Flott homosexuell?"

Kerstin Nagler zuckte die Achseln. „Möglich, aber Analsex wird auch in heterosexuellen Beziehungen praktiziert, zum Beispiel mit einem Sexspielzeug."

Mike nickte, beeindruckt über die klaren Aussagen. „Danke, Frau Nagler. Damit kann ich schon mal allerhand anfangen." Er lehnte sich zurück und sah sie an. „Auch wenn ich nicht so richtig weiß, wo ich anfangen soll."

Die junge Frau lächelte. „Da kann ich ihnen leider nicht helfen, Herr Hauptkommissar.

Während Mike in ihre Richtung lächelte, zog sie ihr Smartphone aus der Kitteltasche und sah darauf. „Noch immer nichts", murmelte sie.

„Die zwei Racker scheinen sich ja Zeit zu lassen", mutmaßte Mike und Omars Assistentin nickte.

„Die Mitarbeiter im Kreissaal tun mir wirklich leid. Ich sehe schon den Chef herumwuseln und alle an den Rand des Nervenzusammenbruchs bringen."

„So schlimm war es dann doch nicht."

Mike und Kerstin Nagler schraken zusammen. Im Türrahmen stand, mit einem breiten Grinsen im Gesicht, Doktor Omar Amri.

Kerstin Nagler sprang auf. „Und?", fragte sie und wurde von Omar von den Füßen gerissen. „Du darfst mir gratulieren. Unser Pärchen ist gesund und munter und die Mama auch."

Er schwenkte Kerstin Nagler einmal rund herum. Dann schloss er Mike in die Arme, der ihm seine Hand entgegengestreckt hatte.

„Es ging schließlich alles ganz schnell. Jetzt schlafen meine drei Liebsten tief und fest und ich wollte kurz nach Hause fahren, da habe ich noch Licht gesehen."

Er sah Mike an, der sich inzwischen wieder gesetzt hatte. „Und, zufrieden?" Er deutete auf seine Assistentin.

Der Angesprochene nickte. „Frau Nagler hat das ganz toll gemacht, allerdings habe ich schon die Bemerkungen vermisst, die du sonst machst."

Alle drei lachten.

Mike erhob sich. „Gut. Sehen wir uns morgen um acht zur Beratung? Ich hoffe, dass Karsten trotz des Schneechaos einige Fakten vorweisen kann."

Er sah Omar an, der den Kopf schüttelte. „Nein, du wirst ohne mich und meine Bemerkungen." Er malte Gänsefüßchen in die Luft. „Wohl auskommen müssen. Kerstin hat die Autopsie vorgenommen, sie wird morgen auch die Fakten präsentieren. Ich schlafe ein paar Stunden und bin dann wieder bei Jasmin und unseren beiden Hübschen."

Mike sah, dass Kerstin Naglers Gesicht von einer sanften Röte überzogen wurde. Das war eindeutig ein Ritterschlag ihres Chefs.

Er sah sie an und nickte. „Also dann, Frau Nagler, morgen früh 8.00 Uhr." Er nickte ihr zu, klopfte O-mar auf die Schulter und verließ das pathologische Institut.

„Wie zu erwarten war, hat uns der Schnee spurentechnisch nun nicht gerade in die Karten gespielt",
sagte Karsten Windisch mit einem grimmigen Lächeln und schaute in die Runde. „Aber einige Fakten
können wir schon vorweisen. Zuerst das Zelt. Es ist
anzunehmen, dass Heiko Flott nicht darin geschlafen
hat, jedenfalls deuteten die Spuren darauf hin. Weiterhin hat jemand ihn, wie Omar vermutete, mit einer
Art Flaschenzug an dem Baum nach oben gezogen.
Ich stelle mir das so vor. Der Täter hat mit Hilfe der
Leiter erst das Seil mit Schlinge oben befestigt und
dann ein zweites Seil als Flaschenzug darüber geworfen. Die Dicke des Astes hat das allemal hergegeben.
Dann ist er runter gestiegen, hat Flott mit Hilfe eines
Gurtes nach oben gezogen, das Seil unten befestigt.
Dann ist er wieder mit Hilfe der Leiter nach oben ge-
stiegen, hat Flotts Hals in die Schlinge gelegt und den
Gurt gelöst. Fertig."

Mike sah die anderen Anwesenden in der Runde an.
„Damit wollte uns der Täter einen Suizid suggerieren
und das aus gutem Grund." Er nickte in Richtung
von Kerstin Nagler, die ihre Entdeckung vom Vor-
abend präsentierte.

Karsten Windisch nickte. „Ja klar, und wenn der Plan
aufgegangen und Heiko Flott erst später entdeckt
worden wäre, wären die Spuren vom Schnee weitgehend vernichtet und ein Suizid die wahrscheinlichste
Lösung gewesen."

Mike lehnte sich zurück. „Ein Bäckermeister, der
seine eigenen Stollen vergiftet und sich dann

umbringt."

„Und warum?", fragte Frieder Lein.

Mike zuckte die Achseln. „Keine Ahnung. Wir hätten das wohl nie aufgeklärt." Dann setzte er sich aufrecht hin. „So, jetzt wissen wir, was uns der Täter Glauben machen wollte. Aber warum und wer ist es? Was wissen wir über Heiko Flott?"

Marianne Jäger hob leicht die Hand. „Also, er ist in Adorf geboren und aufgewachsen. Seine Eltern hatten dort eine Bäckerei, ein alter Familienbetrieb. Dort hat er auch gelernt und seinen Meister gemacht. Scheinbar galt es als sicher, dass er einmal die väterlich Bäckerei übernimmt. Aber dann ist er in der Welt unterwegs gewesen, jahrelang. Kanada, Australien, Neuseeland, Asien. Als er wiederkam, hatte sein Vater die Bäckerei aufgegeben. Das war vor genau zwei Jahren. Heiko Flott hat sich hier in Plauen angesiedelt und dann ziemlich schnell die Bäckerei Flott eröffnet, mit beträchtlichem Erfolg. Er hat mit seiner Bioherstellung voll die Zeichen der Zeit erkannt."

Mike nickte. „Wir müssen mit den Eltern sprechen."

Marianne Jäger zuckte leicht die Schultern. „Die Mutter ist seit vielen Jahren tot, der Vater seit einem Jahr in einem Pflegeheim in Bad Elster."

„Gut", meinte Mike. „Dann fahren wir zu ihm, in der Hoffnung, dass er uns noch ein bisschen was zu seinem Sohn erzählen kann." Er sah zu Frank Keilwert. „Schau mal, ob du über Flotts PC etwas herausfindest."

53

„Herr Flott hat ein sehr schwaches Herz, ich hoffe, sie regen ihn nicht auf?" Die junge Altenpflegerin mit leicht asiatischen Gesichtszügen sah von Mike zu Marianne.

Diese hob etwas die Hände. „Sein Sohn wurde Opfer eines Verbrechens, das müssen wir ihm mitteilen."

Die junge Frau nickte bekümmert. „Ich habe es schon auf Facebook gelesen. Niemand hier versteht das, obwohl…" Sie brach ab und deutete auf die Zimmertür, vor der sie inzwischen angekommen waren.

„Obwohl?", fragte Mike nach. Es war zu erkennen, wie peinlich der jungen Frau es war, darüber zu sprechen. Scheinbar ärgerte sie sich, überhaupt damit angefangen zu haben. Schließlich sah sie die beiden Kriminalbeamten direkt an.

„Wissen sie, es hat niemand hier verstanden, wie herzlos Heiko Flott war. Seine Mutter war gestorben, sein Vater war verzweifelt und hätte jede Hilfe in der Bäckerei gebraucht. Und was macht der Herr Sohn? Gondelt in der Weltgeschichte herum. Und sogar als es seinem Vater so schlecht ging, dass er die Bäckerei nicht mehr allein betreiben konnte, kam er nicht zurück. Selbst jetzt, als er wieder in Plauen war. Er war zwei Mal hier, zwei Mal."

Es war unübersehbar, wie erregt die junge Altenpflegerin war. Hier im Oberen Vogtland galten wohl noch immer andere Werte hinsichtlich Familie und besonders Familienunternehmen.

„Wie hat Herr Flott Senior das verkraftet?", fragte Marianne nach.

Die junge Frau atmete tief ein. „Er ist so ein netter Mann. Nie beklagt er sich, auch nicht über seinen Sohn."

„Gibt es sonst noch Verwandte?"

Sie schüttelte den Kopf. „Nein, nur eine Schwägerin, aber die ist selbst pflegebedürftig. Aber er bekommt viel Besuch, von alten Freunden, ehemaligen Kunden und der Innung."

Mike deutete auf die Tür und die junge Frau trat vor ihnen ein.

Arno Flott saß in einem Rollstuhl, den jemand vor das große Panoramafenster geschoben hatte. Das Zimmer war nicht sehr geräumig, aber liebevoll eingerichtet. An den Wänden hingen viele Fotos, einige von der alten Bäckerei, aber auch Familienfotos.

Die junge Frau ging zu Arno Flott und berührte ihn sanft an der Schulter. „Herr Flott? Diese beiden Herrschaften von der Polizei möchten mit ihnen sprechen." Dann drehte sie den Rollstuhl in deren Richtung. Es war erkennbar, dass Arno Flott einen Schlaganfall erlitten hatte. Der linke Arm hing kraftlos über der Armlehne. Die junge Altenpflegerin legte ihn behutsam zurück.

Dann deutete sie auf zwei Stühle. „Nehmen sie doch Platz", sagte sie zu Mike und Marianne und sah dann Herrn Flott wieder an. „Ich lasse sie jetzt allein. Wenn etwas ist, rufen sie bitte."

„Danke, Kim", sagte Arno Flott mit erstaunlich fester Stimme und sah die beiden Beamten mit klarem Blick an.

Mike ergriff das Wort. „Herr Flott, mein Name ist Mike Köhler und das ist meine Kollegin Marianne Jäger. Wir sind von der Plauener Kriminalpolizei."

Der alte Mann hob langsam den Kopf. „Hat er sich umgebracht?", fragte er.

„Warum glauben sie, dass sich ihr Sohn umgebracht hat?", fragte Marianne, nachdem sie sich neben Mike gesetzt hatte. Der alte Mann sah sie an. „Weil er es schon vorher versucht hat, zwei Mal insgesamt. Da dachte ich…" Er brach ab und schüttelte den Kopf. Mike rückte etwas näher heran. „Nein, Herr Flott. Ihr Sohn hat sich nicht umgebracht. Er wurde ermordet, aber es sollte so aussehen, als hätte er es selbst getan."

Der alte Mann sah ihn erstaunt an, dann nickte er langsam. „Ich verstehe", sagte er leise. „Aber warum?"

„Das würden wir auch gern wissen. Wir hatten gehofft, sie können uns etwas über ihren Sohn erzählen." Es war Marianne Jäger, die hier wieder die Gesprächsführung übernahm.

Arno Flott sah in ihre Richtung. „Wissen sie, Frau Kommissarin. Ist das eigentlich die richtige Bezeichnung? Also, ich kenne mich da nicht so aus."

Marianne lächelte ihn an. „Ist es, Herr Flott."

Er nickte. „Also, Heiko war ein sensibles, aber schwieriges Kind. Eher ein Mutti- Kind. Meine Frau hatte einen guten Draht zu ihm, immer. Ich dagegen…" Er schüttelte den Kopf und schwieg eine Weile. Dann begann er wieder von selbst, das Thema

56

fort-zuführen. „Also, zwischen uns beiden hat es immer mal geknallt, wie man so schön sagt. Besonders, als er ein Teenager war. Keine Lust in der Schule, aber in der Bäckerei helfen wollte er auch nicht. Wenn ich dann mit der Faust auf den Tisch geschlagen habe, sinnbildlich meine ich, ist er tagelang einfach in den Wäldern verschwunden. Am Anfang haben wir uns Sorgen gemacht und meine Frau Ruth wollte sogar die Polizei verständigen, aber ich war mir sicher, dass er von allein zurückkommt. Er war zwar faul, wirklich faul, aber darin war er richtig gut. Draußen überleben, meine ich. So war es auch. Nach ein paar Tagen kam er immer zurück. Verdreckt, hungrig, aber er war wieder da und dann ging es eine Weile gut mit ihm."

„Wann hat er das erste Mal versucht sich umzubringen", fragte Mike, nachdem Arno Flott wieder eine Weile geschwiegen hatte.

„Als seine Mutter krank wurde. Ruth hatte eine Hirnblutung. Im Wald, beim Blaubeersammeln. Heiko war dabei. Er war gerade achtzehn geworden und hatte bei mir in der Bäckerei seine Lehre abgeschlossen. Mit Ach und Krach muss ich wohl noch dazu sagen. Ich hatte noch nie so einen faulen Lehrling, noch nie." Es war deutlich zu spüren, wie sehr das ihn jetzt noch aufregte. Er fuhr sich mit der gesunden rechten Hand über die runzlige Stirn. „Jedenfalls kam Ruth ins Krankenhaus und von dort ins Pflegeheim. Wir konnten sie ja zu Hause nicht pflegen und außerdem lag sie im Koma. Die Ärzte sagten uns damals klipp

57

und klar, dass sie wohl nie mehr aus dem Koma erwachen würde. An diesem Abend habe ich Heiko dann gefunden, er hatte Tabletten geschluckt und Wodka getrunken." Wieder schüttelte er den Kopf.

„Kam er in die Klinik?"

Arno Flott brummte leise, fuhr dann aber in seiner Erzählung fort. „Nein. Ich habe meinen Altgesellen geholt. ihm konnte ich vertrauen. Nicht, dass es gleich zum Stadtgespräch wird, der Sohn vom Bäckermeister Flott hat versucht, sich das Leben zu nehmen. Wir haben ihn in die Badewanne mit kalten Wasser gelegt und dann zum Erbrechen gezwungen."

„Und?", fragte Marianne nach, ohne sich anmerken zu lassen, was sie von dieser Art der Behandlung hielt.

Der alte Mann hob die rechte gesunde Schulter.

„Naja, er ist wieder aufgewacht. Wir haben nicht mehr darüber gesprochen."

Marianne wechselte einen Blick mit Mike. Der nickte. Ja, Heiko Flott hätte professionelle Hilfe benötigt, daran war kein Zweifel. Aber sein Vater, wohl auch durch die Krankheit seiner Frau völlig aus der Bahn geworfen, hatte kein Verständnis für die seelischen Nöte seines Sohnes.

„Und das zweite Mal?", fragte Marianne.

„Als die Todesnachricht seiner Mutter kam. Er hat versucht sich die Pulsadern aufzuschneiden. Gott sei Dank war ich zu Hause und habe Schlimmeres verhindern können. Ich habe alles desinfiziert und verbunden. Außer den Narben ist nichts zurück-geblieben."

„Außer den Narben auf der Seele", dachte Marianne, sagte es aber nicht.

„Er hatte gerade seine Meisterprüfung gemacht." Der alte Mann schüttelte bekümmert den Kopf. „Auch wieder gerade so. Dabei ist Heiko doch kein Dummer, im Gegenteil. Er ist sprachbegabt, das war nie jemand aus unserer Familie und gelesen hat er auch, viel und so richtig schwere Literatur. Aber wenn es wirklich darauf ankam, da war er immer faul."

„Wollte er eigentlich jemals den Beruf des Bäckers eigreifen?", wandte hier Mike ein.

Arno Flott sah zu ihm hin. „Er war unser einziger Sohn, da lag es nahe, dass er die Bäckerei einmal übernimmt. Er hat auch nie gesagt das er etwas anderes machen will. Der Job ist so gut wie jeder andere, hat er einmal gesagt." Er stieß ein heiseres Lachen aus. „Das sagte doch wohl alles. Mit Liebe, nein, mit Liebe hat er seinen Beruf nie gemacht. Aber ich hatte trotzdem die Hoffnung es wird noch. Das er vernünftig wird, vielleicht eine Frau findet, die auch Interesse für das Geschäft hat. Aber was macht er? Nach der Meisterprüfung und der Beerdigung seiner Mutter sagt er mir, er geht weg, muss raus in die Welt. Dann ist er gegangen, mit seinem Sparbuch, das wir für ihn angelegt hatten."

„Wann hat er sich wieder gemeldet?", fragte Mike.

Arno Flott schüttelte den Kopf. „Gemeldet? Überhaupt nicht. Ich bekam ein paar nichtssagende

Karten, aus Kanada, aus Australien und wer weiß woher noch. Keine Adresse, wo ich ihn erreichen könnte, nichts. Immer nur den einen Satz auf jeder Karte. *Ich lebe noch.* Punkt." Er schwieg wieder eine Weile und es klopfte plötzlich an der Tür.

Die junge Altenpflegerin steckte ihren Kopf herein. „Alles in Ordnung, Herr Flott?"

Sie sah Mike und Marianne auffordernd an. Scheinbar hielt sie es für angebracht das sie sich jetzt verabschieden sollten. „Es gibt gleich Mittagessen. Soll ich sie in den Speisesaal bringen, Herr Flott?"

Dieser lächelte in ihre Richtung. „Halten sie mir etwas warm, Kim. Wir sind auch gleich fertig."

Widerwillig nickte sie und schloss die Tür.

Arno Flott sah die beiden Beamten wieder an. „Nach dem ersten Schlaganfall war klar, dass ich meine Bäckerei nicht mehr betreiben konnte. Heiko war unauffindbar und übernehmen wollte sie niemand. Also habe ich sie geschlossen. Glauben sie mir, zweihundert Jahre Bäckerei Flott, von einem Tag auf den anderen vorbei, das hat mir das Herz gebrochen. Auch wenn die Ärzte etwas von Herzinsuffizienz faseln. Mein Herz hat Heiko auf dem Gewissen."

Seine Stimme klang zornig und die rechte Hand war zur Faust geballt. Er holte tief Luft und schien sich etwas zu entspannen. „Dann kam der zweite Schlaganfall und seitdem bin ich hier. Durch Zufall habe ich erfahren das Heiko wieder da ist, in Plauen und dort eine Bäckerei eröffnet hat. Durch Zufall, stellen sie sich das einmal vor. Er hat es nicht einmal für nötig gehalten mich zu besuchen. Irgendwann stand er dann hier. Vielleicht zehn Minuten, er brachte mir ein Brot mit, sein neues Biobrot. Ich hätte es am liebsten weggeworfen, aber das habe ich nicht übers Herz gebracht. Das tut man einfach nicht. Also habe ich es gegessen und wissen sie was? Es war gut, sogar richtig gut. Irgendwie war ich stolz auf Heiko. Also hat er doch etwas bei mir gelernt." Er lächelte.

„Haben sie ihm das gesagt?", fragte Marianne. Er sah sie stirnrunzelnd an, das Lächeln war verschwunden.

„Wann denn? Ein ganzes Jahr hat er sich danach nicht blicken lassen."

Marianne räusperte sich etwas. „Herr Flott, hatte ihr Sohn eigentlich eine Freundin?"

Der alte Herr sah eher betroffen zu Boden. „Naja, nicht so richtig", murmelte er und Mike und Marianne merkten, wie unangenehm ihm die Sache zu sein schien.

„Hat er sich eher zu Männern hingezogen gefühlt", begann Marianne Jäger behutsam, aber die rechte Faust des Mannes krachte auf die Rollstuhllehne.

„Was wollen sie damit sagen? Das mein Sohn ein warmer Bruder war, ja? So etwas gab es bei uns nie, hören sie, nie." Arno Flotts Gesicht nahm eine bedenkliche Röte an.

„Nein, das wollte ich damit nicht sagen", lenkte Marianne wieder ein.

„Wann haben sie ihren Sohn das letzte Mal gesehen?", fragte jetzt Mike.

Arno Flotts Gesichtsfarbe begann sich wieder zu

normalisieren. Er sah Mike an wie einen rettenden Engel. Dann sah er hinüber zu dem großen Kalender. „Vergangene Woche, am Donnerstagvormittag. Er hat mir einen Stollen vorbeigebracht und erzählt, damit sei er für den Stollenoscar nominiert."

Alarmiert sahen sich die beiden Beamten an.

„Wo ist der Stollen jetzt?", fragte Marianne Jäger.

Der alte Mann sah sie erstaunt an, weil sie plötzlich so laut sprach. „Ich habe ihn den Schwestern geschenkt."

Fast synchron sprangen Mike und sie auf und rannten grußlos aus dem Raum.

„Da hatten wir wirklich Glück, dass noch niemand den Stollen ausgepackt hat", sagte Marianne und sah auf den Rücksitz des Autos, wo der Stollen noch im Originalkarton lag.

„Na, noch wissen wir nicht, ob er auch mit Cyanid versetzt ist", sagte Mike und lenkte den Wagen vorsichtig über die spiegelglatten Straßen. „Ob hier irgendwann mal gestreut wird", schimpfte er schließlich, als das Auto ausbrach und er es nur mit Mühe zurück in die Spur lenken konnte.

„Wird es nicht", sagte Marianne und er sah erstaunt zu ihr hinüber. „Was?", fragte er irritiert.

„Hier darf nicht gesalzen werden, wegen der Quellen. Darum ist Bad Elster im Winter schon eine Herausforderung", ergänzte sie lächelnd und deutete nach vorn. „Hier ist der Spuk zu Ende, du wirst sehen."

Und so war es auch, kaum hatten sie die B 92 erreicht, war wie von Zauberhand die Glätte verschwunden.

„Was hältst du von Arno Flott?", fragte Mike jetzt deutlich entspannter.

„Scheint mir eine sehr komplizierte Sohn -Vater- Beziehung gewesen zu sein."

„So kann man es auch nennen", murmelte Mike.

„Naja, sie haben wohl beide nicht so recht miteinander gekonnt und als die Mutter als Vermittlerin weg war, ist die Sache eskaliert. Schon allein die beiden Suizidversuche und der Vater hat nichts unternommen."

Marianne schüttelte den Kopf. Sie war immer noch entsetzt über die Aussage von Arno Flott. „Er wusste außerdem, dass sein Sohn homosexuelle Neigungen hatte."

Mike nickte. „Ja, aber das alles ist noch kein Mordmotiv. Wer hatte ein Motiv Heiko Flott zu töten?"

„Vielleicht jemand, der Homosexuelle hasst?", sagte Marianne, aber Mike schüttelte langsam den Kopf.

„Irgendwie passt das alles nicht", murmelte er.

Den Rest der Fahrt bis Plauen verbrachten die beiden Beamten mit ihren eigenen Gedanken.

Kaum im Präsidium angekommen, nahm Marianne wieder ihre berühmten Zettel zu Hand und pinnte sie an die Stellwand. „Ich mache mal einen Zeitstrahl. Also, Donnerstagvormittag bringt Heiko Flott seinem Vater einen Stollen, am Freitag verschwindet er, scheinbar zum Wintercampen, meldet sich aber nirgends ab. Freitag taucht auch der vergiftete Stollen in der Kafferösterei auf. Die Nachbarin von Flott kommt erst Montagabend wieder, vermisste ihn also nicht."

In diesem Moment trat Karsten Windisch ein.

„Bingo", sagte er und reckte einen Daumen hoch.

„Der Stollen enthielt Cyanid. Wieder eine Dosis, die nicht tödlich wirken würde, aber sicher eine Menge Unwohlsein auslöst."

Mike nickte. „Arno Flott hat ein schwaches Herz. Vielleicht hätten wir dann das gleiche Szenario wie bei Maria Habicht?"

Karsten setzte sich auf einen Stuhl und blies die

Wangen auf. „Buh. Du meinst, er wollte seinen Vater umbringen und es so vertuschen, indem er mehrere Stollen präparierte."

Mike wog den Kopf langsam hin und her.

„Das würde sowohl die Spritze als auch die Menge an Cyanid erklären, die wir bei ihm gefunden haben. Nur hat die Sache einen Haken. Wer hat ihn umgebracht und warum?"

Kapitel 6

Als Kate gerade das Polizeipräsidium betreten
wollte, hörte sie ihren Namen. Staatsanwalt Doktor
Konstantin Gebhardt kam dynamisch- sportlich die
Treppen herauf und reichte Kate die Hand.
„Schön, dass sie wieder mit an Bord sind, Frau
Schulz."
Galant hielt er ihr die Tür auf und zeigte wie beiläu-
fig der diensthabenden Beamtin seinen Ausweis.
„Anfangs sah es ja so aus, als hätten wir es hier nur
mit einem Vergiftungsfall zu tun, aber jetzt nimmt
die Sache eine ganz andere Wendung", sagte er, während er die Stufen hinauf in den Besprechungsraum
hastete. Kate konnte ihm mühelos folgen und sie betraten zeitgleich den Raum.
Sie waren die Ersten und Kate trat an die Pinnwand
von Marianne Jäger. Staatsanwalt Gebhardt legte seinen Mantel über einen Stuhl und stellte sein Note-
book auf den Tisch. Dann sah er zu Kate und deutete
lächelnd auf Marianne Jägers angepinnte Zettel.
„Naja, das ist ja noch wirklich Old School."
Kate drehte sich langsam zu ihm um. „Ich finde diese
Form der Visualisierung durchaus gut. Und der Erfolg gibt Frau Jäger ja recht."
Der Staatsanwalt lächelte etwas gequält. „Sicher, sicher. Ich wollte damit nichts gegen Frau Jäger und
ihre Methode sagen, aber die Digitalisierung…"
Kate setzte sich an den Tisch. „Wissen sie, Herr Gebhardt, wir hatten beim FBI einen älteren Special

Agent, der hat noch mit Karteikarten gearbeitet. Die jüngeren Agents fanden das auch irgendwie antiquiert, aber er hatte dazu noch ein phänomenales Gedächtnis und das in Kombination hat alle geschlagen." Kate hatte das Gefühl, es Marianne Jäger, die sie als Beamtin und langjährige Mitstreiterin von Mike kannte, schuldig zu sein, dass sie ihre Art der Recherchen und Visualisierungen gegenüber dem jungen Staatsanwalt rechtfertigen musste.

Dieser merkte seinerseits, das es günstig war, jetzt zurückzurudern. „Na, wenn das FBI auch noch mit ähnlichen Methoden arbeitet, da können sie ja nicht schlecht sein", sagte er etwas flapsig und lächelte Kate zu. Diese lächelte zurück, auch wenn es nicht aus ihrem Innersten kam. „Kleiner arroganter Fatzke", dachte sie für sich.

In diesem Moment ging die Tür auf und Mike trat, gefolgt von Marianne, Frieder und Karsten Windisch, ein. Alle begrüßten sich gegenseitig und Mike ergriff, nach einem kurzen Blick hin zu Staatsanwalt Gebhardt das Wort.

Ohne zu wissen, dass dies gerade Gesprächsgegenstand gewesen war, deutete er auf die Pinnwand. „Kommissarin Jäger hat dort bereits die relevanten Sachverhalte dargestellt. Einmal den Zeitraum, wo die Ereignisse interessanterweise sehr eng beieinander liegen und dann, und das ist leider noch sehr vage, mögliche Umstände und Gründe für Heiko Flotts Tod."

Der Staatsanwalt hatte sich etwas nach vorn gebeugt

und fixierte die Notizen. Dann schüttelte er den Kopf. „Warum sollte er versuchen seinen Vater zu töten?", fragte er und sah die anderen Anwesenden an.

„Es gab enorme Spannungen zwischen den beiden Männern. Wobei man sagen muss, dass die Dosis, genau wie in den anderen gefunden Stollen, nicht tödlich war."

Kate hatte sich auch alle Notizen genau durchgelesen. Außerdem hatte ihr Mike bereits von dem Gespräch mit Arno Flott erzählt, dass er jetzt noch einmal für den Staatsanwalt zusammenfasste.

„Wie kommt es eigentlich, dass ein wirklich unmotivierter Bäckerlehrling und jemand, der dann noch die Meisterprüfung mit Ach und Krach schaffte, so ein Senkrechtstarter wird? Er kam vor zwei Jahren nach Plauen und jetzt ist der der Kandidat für den Stollenoscar?"

Der Staatsanwalt sah sie verblüfft an. „Aber so etwas gibt es doch öfter. Ich hatte einen Mitkommilitonen, der war so etwas von unmotiviert, weil sein Vater ihn zu dem Studium gedrängt hatte. Er hat in jeder Prüfung abgeschrieben und wäre fast von der Uni geflogen. Dann hat es Klick gemacht und heute ist er in die Kanzlei seines Vaters eingestiegen und einer der gefragtesten Anwälte Deutschlands."

Kate schnippte leicht mit dem Finger. „Genau das ist es. Heiko Flott hätte die Bäckerei seines Vaters übernehmen können, alles vorhanden und dann wäre er von mir aus expandiert, auch nach Plauen. Aber was macht er? Er lässt zu, dass der die Bäckerei aufgibt.

Das ist doch absurd."

Sie sah Mike an. „Wie hat er das eigentlich alles finanziert? Er ist jahrelang in der Welt unterwegs und stampft aus dem Nichts eine Bäckerei aus dem Boden?"

Wie auf Stichwort betrat in diesem Moment Frank Keilwert das Beratungszimmer. Er nickte dem Staatsanwalt und Kate zu. „Entschuldigung, aber ich musste noch etwas recherchieren."

Er setzte sich neben Karsten Windisch. Mike sah ihn an. „Kate hat eben eine sehr interessante Frage gestellt. Wie hat Heiko Flott das alles finanziert?"

Frank Keilwert grinste breit. „Die Frage habe ich mir auch gestellt. Er hat einen ziemlich sportlichen Kredit aufgenommen."

Jetzt war auch das Interesse des Staatsanwaltes geweckt. „Aber welche Sicherheiten hatte er denn?"

Der Leiter des Bereichs Internetkriminalität sah auf seinen Laptop. „Keine, nicht eine einzige Sicherheit. Das Haus seiner Eltern hat sein Vater verkauft, um damit seine Heimkosten deckeln zu können."

„Ja, aber…", fuhr Mike dazwischen, aber Frank hob die Hand.

„Nicht so schnell. Er hatte einen Bürgen, und zwar einen richtig guten."

Der Staatsanwalt runzelte bei Nennung des Namens kurz die Stirn und sah dann Mike an. „Sie gehen aber hier mit aller Diskretion vor", sagte er alarmiert.

Mike zeigte seinen Ausweis und die Frau im mittleren Alter studierte ihn aufmerksam. Das gleiche tat sie mit Marianne Jägers Ausweis. Schließlich sah sie die beiden Beamten durchdringend an.

„Herrn Stadtrat Wallensteiners Termine sind wirklich sehr gedrängt. Ich muss sie bitten sich kurz zu fassen." Sie musterte die beiden Beamten mit einem so strengen Blick wie eine Direktorin, zu der zwei aufsässige Schüler bestellt worden waren.

Mike setzte zu einer Antwort an, als Marianne ihm bereits zuvorkam. „Natürlich werden wir das berücksichtigen, Frau Beerstein", sagte sie ruhig. Den Namen hatte sie vorher von dem Namensschild an der Tür abgelesen.

Scheinbar zufrieden nickte die Frau und ging voran. Mike drehte hinter ihrem Rücken die Augen nach oben, was Marianne ein Schmunzeln entlockte.

„Herr Wallensteiner, die beiden Herrschaften sind von der Kriminalpolizei. Leider haben sie mir nicht gesagt, in welcher Angelegenheit sie sie sprechen möchten."

Der Stadtrat, ein Mittvierziger mit dichtem dunklen Haar und einer sehr modischen Designerbrille, erhob sich hinter seinem Schreibtisch und kam auf die Beamten zu. Er hatte Mikes Größe und wirkte schlank und durchtrainiert. Sicher verbrachte er einige Stunden seiner Freizeit im Fitnessstudio. Er deutete auf eine gemütliche Sitzecke. „Aber bitte nehmen sie doch Platz. Frau Beerstein, bringen sie uns bitte einen Kaffee?"

Die Sekretärin lächelte etwas säuerlich. „Aber natürlich, Herr Wallensteiner." Sie ließ die Tür zum Vorzimmer offen und das Geräusch eines Kaffeeautomaten war zu hören. „Das ist ein Luxus, den ich mir gegönnt habe, einen vernünftigen Kaffeeautomat. Das Gebräu in der Cafeteria ist ungenießbar."

Mike lächelte. „Da kann ich mich ihnen nur anschließen."

Der Stadtrat nickte erfreut. „Ich sage immer, das Leben ist zu kurz, um schlechten Kaffee zu trinken." Er nahm seiner Sekretärin das Tablett mit den drei Tassen ab.

Diese wandte sich an der Tür noch einmal um. „Herr Stadtrat, sie denken bitte an ihren Termin um 13.00 Uhr beim Oberbürgermeister?"

Dieser nickte lächelnd. „Aber natürlich, danke."

Mit einem letzten Blick auf die beiden Beamten, der Bände sprach, schlosss sie etwas zu fest die Tür.

Der Stadtrat sah Mike und Marianne entschuldigend an. „Sie ist die beste Sekretärin, die ich je hatte, aber auch die Strengste. Ein Wunder, das sie beide überhaupt an ihr vorbeigekommen sind." Er zuckte die Schultern und nahm einen Schluck Kaffee. „Wie kann ich ihnen helfen? Wegen einer Geschwindigkeitsübertretung wird wohl kaum die Kripo zu mir kommen." Er lehnte sich zurück und schlug die Beine übereinander.

„Kennen sie Heiko Flott?", begann Mike und der Stadtrat sah ihn erstaunt an. „Ja, natürlich." Er schüttelte den Kopf. „Es ist furchtbar, was da gerade mit seinen Stollen passiert ist. Eine Tragödie. Haben sie die Täter schon?"

Aufmerksam sah er zwischen Marianne und Mike hin und her. Dieser schüttelte den Kopf. „Nein. Aber Heiko Flott ist tot." Wenn man bei jemand das Termini Gesichtsentgleisung anwenden könnte, dann jetzt bei Stadtrat Wallensteiner.

„Was?", war alles, was er herausbrachte. Sein Gesicht hatte alle Farbe verloren und er stützte es in seine Hand. „Oh mein Gott", murmelte er. „Dann hat er es also getan?"

Mike schaute alarmiert Marianne und dann den Stadtrat an. „Was getan?"

Dieser atmete tief durch, dann setzte er sich aufrecht hin. „Entschuldigung. Ich habe für einen Moment die Fassung verloren, aber ich mochte Heiko Flott sehr gern. Ein so netter, dynamischer und innovativ denkender junger Mann. Aber ich wusste um seine psychischen Probleme. Ich habe ihm geraten sich in eine Behandlung zu begeben, aber er hat es vernehmet abgelehnt. Jetzt mache ich mir Vorwürfe, nicht hartnäckiger geblieben zu sein."

Mike stellte seine Kaffeetasse zurück auf den Glastisch. „Er hat sich nicht umgebracht, Herr Wallensteiner. Er wurde getötet."

Eine Weile war absolute Stille im Raum. Schließlich sagte der Stadtrat. „Wer macht denn so etwas? Wurde er etwa auch vergiftet?"

Mike sah ihn an. „Haben sie bitte Verständnis, das wir aus ermittlungstechnischen Gründen nichts sagen können."

Dieser nickte. „Natürlich. Entschuldigen sie. Aber wie kann ich ihnen helfen?"

Langsam begann der Stadtrat wohl seine Professionalität zurückzugewinnen.

„Sie haben für den Kredit von Heiko Flotts Bäckereigründung gebürgt, stimmt das?"

Karl-Friedrich Wallensteiner nickte. „Ja. Wissen sie, wir reden immer alle von Wirtschaftswachstum in unserer Stadt und Unterstützung von Start-ups, aber wenn es konkret wird, dann sehen sich gerade junge, kreative Menschen unzähligen bürokratischen Hürden ausgesetzt. Bei der Finanzierung geht es schon los. Ich wollte es nicht bei Lippenbekenntnissen belassen, also habe ich Heiko Flott bei seinem Projekt unterstützt. Weil es mich auch überzeugte. Und bisher hat der Erfolg ihm ja auch recht gegeben, jedenfalls bis zu dieser Giftgeschichte. Mein Gott, er war für den Stollenoscar vorgesehen und dann das."

Der Stadtrat hob die Hand und wischte sich über das Gesicht. „Aber das ist ja jetzt sowieso alles gleichgültig."

Mike musterte ihn eine Weile. „Wie geht das mit dem Kredit jetzt weiter?", fragte er.

Der Stadtrat sah ihn etwas irritiert an. „Das macht mir jetzt in erster Linie keine Sorgen. Besonders angesichts der Tatsache, dass ein so junger Mensch aus dem Leben gerissen wurde, aber ich werde mich natürlich mit der Bank in Verbindung setzten und auch schauen, was ich für die Mitarbeiter tun kann."

Es klopfte diskret und der Kopf von Frau Beerstein erschien. „Herr Stadtrat, ihr Termin?"

Dieser nickte und Mike als auch Marianne erhoben sich. „Das war es erst einmal. Vielen Dank, Herr Wallensteiner." Dieser hatte sich ebenfalls erhoben.

„Stimmt es eigentlich, dass man sie schon als den erfolgreichsten Kandidaten für die anstehende Oberbürgermeisterwahl sieht?", fragte jetzt Marianne, die bisher geschwiegen hatte.

Der Stadtrat hielt ihre Hand eine Sekunde länger in der seinen. „Das, meine liebe Frau Kommissarin, haben einzig und allein die Wähler unserer schönen Stadt zu entscheiden. Aber unter uns, ja, die Chancen stehen nicht schlecht." Mit einer leichten Verbeugung entließ er die beiden Beamten.

„Und?", fragte Mike, als sie die Treppen hinunter in Richtung Ausgang gingen. „Ein typischer Politiker und aalglatt, wenn du mich fragst. Also, ich nehme ihm die selbstlose Nummer des Förderers nicht so richtig ab."

Mike nickte. „Da sind wir wohl einer Meinung. Aber warum hat er Heiko Flott dann so stark gefördert?"

Marianne zuckte die Schultern. „Da liegt noch ein ganzes Stück Arbeit vor uns."

Kate betrat die Bäckerei Flott an der August- Bebel- Straße. Der Laden schien wie leergefegt, lediglich die Brot und Brötchenauswahl war noch einigermaßen groß.

Eine junge Frau mit blonden, kurzen Zöpfen kam aus dem Raum, der an den Laden angrenzte und wohl in Richtung Backstube führte. Man sah ihr an das sie geweint hatte. Sie holte tief Luft und versuchte sich an einem Lächeln. „Guten Tag, bitte schön?"

Kate sah sie an. „Mein Beileid zum Verlust ihres Chefs."

Die junge Frau nickte, erfolglos gegen eine neue Tränenflut ankämpfend. „Danke und entschuldigen sie, aber…" Sie wischte sich über das Gesicht.

Kate nickte verständnisvoll. „Aber das ist doch verständlich." Dann sah sie über die leere Theke. „Kuchen gibt es wohl heute keinen?"

Die junge Frau schüttelte den Kopf. „Wir haben gestern und vorgestern nichts davon verkauft. Wir wollten ihn dann am späten Nachmittag an ein Pflegeheim geben, aber die haben ihn uns nicht abgenommen. Mit der Bemerkung, man wisse ja nicht, ob er auch vergiftet ist oder nicht." Sie machte eine vage Geste. „Tut mir jetzt leid für sie, vielleicht probieren sie es bei einem anderen Bäcker?"

Kate deutete auf die Brötchen. „Dann machen sie mir bitte eine gemischte Brötchentüte."

Als die junge Frau von jedem der Brötchen eines in eine Papiertüte fallen ließ, fragte Kate: „Wie geht es denn jetzt weiter bei ihnen?"

Die Verkäuferin legte die Tüte auf den Tresen. „Keine Ahnung. Wir hängen faktisch alle in der Luft. Sicher müssen wir schließen."

Kate sah sich um. „Das wäre wirklich schade. Gibt es denn niemand aus dem Team, der die Bäckerei weiterführt?" Während sie Kate abkassierte und das Wechselgeld auf den Tresen legte, sagte die junge Frau: „Mirko, unser Geselle. Er war ja faktisch immer die rechte Hand vom Chef und der gute Geist der Bäckerei. Unter uns, er ist für die meisten der Kreationen hier verantwortlich. Aber leider hat er keinen Meisterbrief und ich denke auch, er ist für so etwas nicht geschäftstüchtig genug. Er würde sich ruck zuck übers Ohr hauen lassen." Sie lächelte etwas betrübt, dann atmete sie tief ein. „Aber was hilft alles jammern, wir müssen uns wohl mit der Situation abfinden."

Kate nahm ihre Brötchentüte, aus der es verführerisch duftete, vom Tresen und presste sie an sich.

„Naja, es werden ja überall händeringend Leute gesucht, da steht mit Sicherheit niemand von ihnen auf der Straße."

Die junge Frau legte beide Hände auf den Ladentisch vor sich. „Nein, das sicher nicht. Aber es ist die Philosophie dieses Projektes hier, warum wir auch hier arbeiten." Kate nickte verstehend. „Dann wünsche ich ihnen trotzdem alles Gute", sagte sie und verließ den Laden, dessen kleine, antike Ladenglocke, die beim Öffnen der Tür fröhlich bimmelte, sie plötzlich an eine Totenglocke erinnerte.

Mike sah zu, wie Kate die Brötchen in den Tiefkühlschrank schlichtete. Auf dem Tisch standen zwei Teller mit Kuchen, den Kate noch schnell in der Bäckerei Müller gekauft hatte.

„Wen willst du denn alles damit verpflegen?", fragte Mike und stellte den zweiten Kaffeebecher unter die Maschine. Kate nahm den einen Teller mit den meisten Kuchenstücken in die Hand. „Ich flitze nur schnell rüber zu Omar und Jasmin. Er holt sie und die beiden Kinder aus der Klinik. Wenn sie nach Hause kommen, ist wenigstens alles für ein Kaffeetrinken vorbereitet, den Tisch habe ich schon gedeckt. Omar hat seinen Verwandten gesagt, sie kommen erst heute Abend nach Hause, um noch ein paar Stunden allein mit seiner Familie zu haben."

Damit war sie zur Tür hinaus. Mike trug inzwischen den anderen Kuchenteller und die Kaffeebecher hinüber ins Wohnzimmer. Dort war alles liebevoll adventlich geschmückt. Im vergangenen Jahr hatte Kate in einem wahren Kaufrausch gemeinsam mit Jasmin in einem erzgebirgischen Volkskunstladen geshoppt und ihn damit, zugegebenermaßen, optisch überfordert. Dieses Jahr war er darauf gefasst gewesen und er hatte sich auch damit ausgesöhnt, ja, einzelne der Stücke gefielen ihm sogar ausnehmend gut.

Zumindest hatte Kate mit Rücksicht auf ihn auf jede Art der Beduftung durch Duftkerzen oder weihnachtliche Aromatees verzichtet.

In diesem Moment hörte er die Haustür und Kate kam zurück. Sie setzte sich neben ihn auf die bequeme Couch. „Warum hast du diese Brötchen eingefrostet, du kaufst doch früh immer welche beim Joggen?", fragte er und legte den Arm um ihre Schulter.

„Es sind Brötchen aus der Bäckerei Flott."

Mike sah sie an. „Du warst dort?"

Kate grinste. „Da die Brötchen wohl kaum durch Telepathie zu uns auf den Küchentisch gekommen sind, ja." Dann wurde sie ernst. „Die stehen vor der Pleite. Niemand kauft dort mehr ein, die Kuchenproduktion haben sie schon eingestellt. Zwar werden die Mitarbeiter nicht lange ohne Job sein, aber wie sagte mir die Verkäuferin? Es gehe um die Philosophie der Bäckerei, hinter der sie alle standen."

Nachdenklich kaute sie auf einem Stück Mohnkuchen herum und legte den Rest wieder auf den Teller.

„Weißt du, ich bin heute Vormittag einfach nicht mit meinen Ausführungen zu Ende gekommen. Auch wenn der Staatsanwalt seinen ehemals faulen und heute so hochmotivierten Mitkommilitonen ins Spiel brachte, ich habe bei Heiko Flott so ein seltsames Gefühl."

Mike nickte. „Da gebe ich dir uneingeschränkt recht. Wie sein Vater es darstellte, hatte er keinen Bock auf diesen Beruf, er machte es halt, weil es von ihm verlangt wurde. Und auch die Meisterprüfung, ich denke, es war der Wunsch seiner Mutter, dass er das macht und das war dann auch seine Motivation, also mehr schlecht als recht. Mit dem Tod der Mutter war dann alles hinfällig."

„Was hat er in all den Jahren im Ausland gemacht?"
Mike zuckte die Schultern. „Da ist Frank noch dran,
aber wie es aussieht, hat er sich immer mit Gelegen-
heitsjobs durchgeschlagen."

„Und dann kommt er wieder und startet so erfolg-
reich durch?"

Mike setzte sich aufrecht hin und nahm seinen Kaffee. Er sah Kate an, die ihr Stück Mohnkuchen wieder vom Teller genommen hatte und gerade hinein-
biss. „Was schlägst du vor?"

Sie schluckte und spülte den Rest mit Kaffee hinunter. „Schaut euch mal den Gesellen, diesen Mirko
Moderig, etwas näher an. Er scheint irgendwie der
kreative Kopf hinter der Bäckerei gewesen zu sein."
Sie brach ab, als Mascha mit hoch erhobenen
Schwanz in den Raum stolziert kam und mit einem
kühnen Schwung auf Kates Schoß landete.

„Gut, dann bin ich wohl erst mal abgeschrieben",
sagte Mike mit einem Lächeln und sah zu, wie sich
Mascha unter Kates Streicheln schnurrend aus-
streckte.

Kapitel 7

Mirko Moderig starrte Mike an wie ein von einem Jagdhund in die Ecke gedrängter Hase. „Ich weiß wirklich nicht, wie ich ihnen helfen kann, Herr Hauptkommissar", sagte er und blickte dabei sichtlich nervös von Mike zu Marianne. Sie standen in den kleinen Raum, dass Heiko und ihm als Büro gedient hatte. „Wie soll es denn jetzt weiter gehen?", fragte Marianne unvermittelt.

„Naja", sagte der junge Mann gedehnt. „So richtig wissen wir es auch nicht, ich meine, Heiko hat…"

„Ach Quatsch, Heiko, hören sie doch auf. Sie haben die ganze Arbeit gemacht, die Ideen gehabt und Kreationen entworfen und Heiko Flott ist in die Pampa campen gegangen", fuhr Mike ungewöhnlich grob den Bäckergeselle an.

Dieser zuckte zusammen und schaute reichlich ertappt. „Naja", sagte er und brach ab.

Marianne deutete auf den Stuhl. „Setzen sie sich, Mirko", sagte sie in ihrer ruhigen, mütterlichen Art und lächelte ihn an. Dann setzte sie sich ihm gegenüber. „Sie haben Heiko in Spanien kennengelernt, stimmt es? Als sie als Geselle bei einem deutschen Bäcker dort gearbeitet haben?"

Mirko Moderig schluckte hörbar. Gehetzt sah er in Richtung Tür, registrierte aber, dass er keine Möglichkeit hatte, dorthin und hier hinauszugelangen. Seine Schultern kippten nach vorn. „Ja", murmelte er.

„Bitte?", fragte Mike scharf nach.

„Ja, ich habe Heiko dort kennengelernt. Er war gerade auf einer Tour durch Spanien und ich habe bei diesem Halsabschneider gearbeitet. Das war eine moderne Form der Sklaverei, sage ich ihnen."

Jetzt hatte der junge Mann den Kopf gehoben und sah Mike aufgebracht ins Gesicht.

„Und?", fragte dieser ungeduldig nach.

„Heiko hat mir erzählt, dass er seinen Meister hat, aber keine Lust darauf. Und ich liebe meinen Beruf, ich hätte so gerne etwas Eigenes gemacht, aber…" Er schluckte wieder. „Ich habe wahnsinnige Prüfungsangst, daran ist schon fast meine Bäckerlehre gescheitert."

„Also hatten sie die Idee, hier mit Heiko eine Bäckerei zu eröffnen?", fragte jetzt Marianne.

Mirko lachte etwas. „Das war Spinnerei. Woher sollten wir das Geld haben? Aber als wir in Plauen waren, hatte Heiko plötzlich nach ein paar Wochen, ich hatte schon gar nicht mehr daran gedacht und bei einem Bäcker hier gearbeitet, einen Kredit und ein Objekt."

Mike setzte sich verkehrt herum auf einen Stuhl, umklammerte die Lehne und sah Mirko Moderig genau an. „Wie kam denn Heiko nach Plauen? Jemand, der die ganze Zeit in der Welt umherzog?"

Er sah, wie sich der junge Mann geradezu unter seinem Blick wandte. Als er nichts sagte, beugte sich Mike so weit nach vorn, dass er fast die Stirn des Gesellen berührte. „Weil sie und er ein Paar waren, nicht wahr?" Der junge Mann schluckte.

„Nicht wahr?" Mikes Stimme nahm eine bedrohliche Tonlage an.

Mirko Moderig schloss die Augen. „Ja, wir waren zusammen, aber kein Paar. Das wollte Heiko nicht. Er wollte… frei sein." Er schüttelte den Kopf.

Mike erhob sich. „Hatte er einen anderen?"

Auch der junge Mann erhob sich. „Einen? Ich bin mir nicht mal sicher, ob es einer oder eine war. Heiko war bisexuell und er hat es ausgelebt."

Mike nickte und ging in dem kleinen Raum auf und ab. „Das ist demütigend, nicht wahr, Herr Moderig? Er hat sie betrogen, sie die ganze Arbeit allein machen lassen. Da können einen schon mal Gedanken kommen." Er brach ab, weil Mirko beide Hände erhoben hatte.

„Nein, nein. So war es nicht. Ja, vielleicht war ich eifersüchtig, aber ich hätte Heiko doch nie etwas antun können."

In diesem Moment klingelte Mikes Smartphone.

„Frank? Hast du etwas für uns." Er hörte zu, schaute dabei auf Mirko Moderig, der sich sichtbar unwohl fühlte.

„Gut", sagte Mike schließlich. „Danke."

Er steckte sein Smartphone zurück in die Tasche und sah den jungen Mann eindringlich an. „Heiko Flott wollte die Bäckerei an eine große Kette verkaufen, die ihm ein lukratives Angebot gemacht haben?"

Mirko Moderig sank zurück auf seinen Stuhl.

„Scheiße", sagte er und Mike nickte Marianne zu, die sich ebenfalls erhob.

„Es ist besser, wenn sie uns jetzt begleiten", sagte sie zu dem jungen Mann.

Der sah zu ihr hoch. „Bin ich jetzt verhaftet oder so?"

Sie lächelte. „Nein. Wir nehmen sie nur zu einer Befragung mit. Also bitte."

Sie deutete zur Tür und mit einem tiefen Seufzer erhob sich der Bäckergeselle.

„Mirko, sie waren also eifersüchtig auf Heiko", sagte Marianne. Sie saß dem jungen Mann im Befragungsraum gegenüber und hatte ihm eine Tasse Kaffee über den Tisch geschoben. Über eine installierte Kamera konnten Mike und Staatsanwalt Doktor Gebhardt das Gespräch der Beiden in einem angrenzenden Raum verfolgen.

„Halten sie es für klug, Herr Köhler, das Gespräch von Kommissarin Jäger führen zu lassen?", hatte der Staatsanwalt ihn gleich zu Anfang gefragt und Mike hatte, ohne auch nur eine Sekunde zu zögern, genickt. „Gerade bei solchen Verhören ist Marianne Jäger einfach unersetzbar. Mit ihrer Art hat sie schon manchen jungen Täter dazu gebracht ihr alles, aber wirklich alles zu erzählen."

Der Staatsanwalt hob abwehrend die Hand. „Gut, wenn das ihre Vorgehensweise ist, werde ich mich keinesfalls einmischen."

Jetzt sah er gespannt auf das Gesicht des jungen Mannes, das unter Mariannes Worten sich leicht verfärbte. „Ja, das sagte ich schon. Aber trotzdem hätte ich Heiko nichts antun können, das müssen sie mir glauben, Frau Jäger."

Marianne blätterte in ihren Unterlagen. „Wie haben sie erfahren, dass Heiko Flott die Bäckerei verkaufen will?"

Etwas irritiert über den abrupten Themenwechsel schüttelte der Bäckergeselle langsam den Kopf.

„Durch eine E-Mail. Ich hatte sie versehentlich geöffnet, weil ich sie für Werbung hielt und sie auf unsere

Geschäftsmail als CC lief. Ich dachte, es ist ein schlechter Scherz. Ausgerechnet an die Kette *Backglück*. Also habe ich Heiko zur Rede gestellt."

„Wann war das?", fragte Marianne.

„Vor vier Wochen, ich habe die Mail auch ausgedruckt, sie muss noch irgendwo liegen. Also ich war wirklich stinksauer. Wir haben uns gestritten."

„Wo?", unterbrach Marianne ihn.

Stirnrunzelnd sah er sie an. „Wie wo?"

Marianne lächelte etwas. „Na, zu Hause, in der Bäckerei oder wo?"

„Ach so. In der Bäckerei, im Büro, dort wo sie heute waren." Er schüttelte langsam den Kopf. „Ich war so enttäuscht, nicht mal allein wegen dem Verkauf, sondern wegen seiner Reaktion. Ich sagte ihm, wie viel mir die Bäckerei bedeutet und meine Arbeit. Er hat nur abgewunken. Schließlich würde mich der neue Chef übernehmen, da er auch ein paar unserer Bioprodukte neu in die Produktion aufnehmen will. Stellen sie sich das mal vor. So eine Großbäckerei schluckt uns und profitiert dann noch an meinen Rezepten." Fassungslos senkte er den Kopf.

„Und wie ging es dann weiter?"

Mirko Moderig seufzte hörbar. „Er ist einfach gegangen. War ein paar Tage vom Erdboden verschwunden. Dann tauchte er wieder auf und tat, als sei nichts gewesen."

Marianne Jäger trank einen Schluck ihres Kaffees.

„Hat er etwas gesagt was er vorhat, nach dem Verkauf?"

Der junge Mann ihr gegenüber lachte auf. „Natürlich, er schwärmte von seinen Plänen. Wieder durch die Welt zu reisen und dieses Mal mit richtig viel Geld auf dem Konto."

Man spürte noch immer seine Erregung, wenn er davon sprach. Es war unverkennbar, dass ihn das Verhalten seines Partners tief verletzt hatte.

„War es ihm denn völlig gleichgültig was aus ihnen wird?", fragte Marianne.

„Ja", war die kurze Antwort. Dann sah er die Kommissarin eindringlich an. „Ich habe ihn aber nicht umgebracht."

Diese lehnte sich zurück. „Wo waren sie denn am vergangenen Wochenende einschließlich Montag, Herr Moderig?"

„Zu Hause, allein. Weil mein Freund ja in den vogtländischen Wäldern unterwegs war, dachte ich jedenfalls."

„Zeugen?", fragte sie knapp. Er schüttelte den Kopf. Marianne beugte sich nah zu ihm heran. „Soll ich ihnen sagen, wie es war, Mirko? Sie waren tief gekränkt von Heikos Verhalten. Ist ja auch verständlich, so, wie er sie hintergangen hat. Da wollten sie ihm einen Denkzettel verpassen. Sie haben die Stollen mit Zyankali präpariert, keine tödliche Dosis, nein. Sie wollten niemand umbringen. Nur den Wert der Firma schmälern. So ein Skandal? Das bleibt doch nicht ohne Folgen. Vielleicht wäre sogar der ganze Deal mit der Großbäckerei geplatzt. Und dann sind sie zu Heiko gegangen, haben es ihm gesagt und es kam zum Streit. Sie wollten ihn nicht töten, es war ein Unfall. Oder hat er sie angegriffen und sie haben sich nur gewehrt?"

Mirko Moderig war aufgesprungen und hielt sich jetzt die Ohren mit beiden Händen zu. „Nein, nein, nein. So war es nicht. Ich habe ihn nicht getötet und auch nicht die Stollen vergiftet. Ich habe ihn doch geliebt."

Dann ließ er sich wieder auf den Stuhl fallen, legte die Arme auf den Tisch und ließ seinen Kopf darauf sinken. Seine zuckenden Schultern zeigten, dass er weinte. Marianne Jäger sah eine Weile zu ihm hin, dann öffnete sie die Tür und winkte den draußen wartenden Beamten herein. Sie selbst ging in den Raum, aus dem Mike und der Staatsanwalt die Befragung beobachtet hatten.

Staatsanwalt Doktor Gebhardt verneigte sich etwas in Richtung Marianne, als diese den Raum betrat.

„Respekt, Frau Jäger", sagte er mit echter Anerkennung in der Stimme. „Ich denke, er wird gestehen. Anhand der vorliegenden Indizien halte ich einen Haftbefehl für geraten."

Er sah zu Mike. „Das war wirklich eine sehr gute Arbeit von ihnen und ihrem Team. Es ist wichtig das wir der Bevölkerung Entwarnung geben können. Diese Stollengeschichte hat wirklich für viel Wirbel gesorgt."

Marianne hatte sich gesetzt und sah Mike an. Dieser wusste, dass sie nicht zufrieden war. Er nickte ihr zu und sie sah Doktor Gebhardt an. „Ich weiß nicht, ob es nicht etwas vorschnell ist."

„Wieso", fragte dieser irritiert.

„Weil ich nicht glaube das er es war", sagte sie mit fester Stimme.

Der Staatsanwalt schüttelte den Kopf. „Frau Jäger, ich bitte sie. Nur weil er da drin ein paar Krokodilstränen herausdrückt?" Er deutete auf den Monitor, wo man immer noch Mirko Moderig weinend mit dem Kopf auf dem Tisch liegend sah.

„Nein, Herr Doktor Gebhardt, nicht seine Tränen jetzt, sondern die Tatsache, dass er mir insgesamt zu emotional erscheint. Ich würde ihm zutrauen, Heiko Flott im Streit erschlagen zu haben, ja. Aber ihn in den Wald zu bringen, fachgerecht zu strangulieren und damit einen fast perfekten Suizid vorzutäuschen, das traue ich ihm nicht zu."

„Außerdem", fiel Mike hier ein. „Wir haben keine Spuren gefunden, die Moderig als Täter eindeutig identifizieren. Nicht einmal in der Wohnung von Flott."

Der Staatsanwalt sah ihn erstaunt an. „Aber die beiden waren doch ein Paar?"

Mike lächelte. „Sie haben es doch gehört, zusammen schon, aber kein Paar. Scheinbar hat Flott in seiner Wohnung andere Bekannte", er malte mit dem Fingern Gänsefüßchen in die Luft, „empfangen."

Staatsanwalt Doktor Gebhardt erhob sich.

„Gut, dann durchsuchen sie die Wohnung von Moderig auf Spuren, vielleicht war der Tatort dort. Einen Beschluss bekommen sie. Er bleibt inzwischen hier."

Er seufzte auf. „Aber wenn sie nichts finden, fürchte ich, ist er morgen wieder auf freien Füßen."

Damit schloss er die Tür hinter sich so fest, dass Marianne und Mike einen Eindruck davon bekamen, wie es im Inneren des Staatsanwaltes jetzt aussah.

Bevor Mike und Marianne die Wohnung von Mirko Moderig aufsuchten, fuhren sie erst an die nördliche Peripherie von Plauen. Dort war die Großbäckerei *Backglück* angesiedelt.

Frieder Lein hatte für die beiden Beamten einen Termin mit dem Chef Klaus Petersen vereinbart.

Vorher hatte Mike bei den Kollegen des Wirtschaftsdezernates nachgefragt und erfahren, dass man die Großbäckerei und besonders deren Chef schon länger auf dem Schirm hatte. Leider war bisher nichts dabei, was richtig bewiesen werden konnte.

Petersen war durch die Übernahme einiger kleiner Bäckereien ins Visier der Ermittler geraten, da diese hier unlautere Methoden vermuteten. Ein Beamter hatte Petersen als „aalglatten Typ" bezeichnet.

Eine äußerst attraktive Sekretärin Anfang zwanzig empfing Mike und Marianne und bat sie mit einer liebenswerten Geste zum Eintreten.

„Herr Petersen erwartet sie bereits", sagte sie und öffnete die Tür.

In dem riesigen Büro, an dessen Wand eine noch riesigere Semmel aus Metall hing, erhob sich hinter einem futuristischen Schreibtisch ein schlanker, fast drahtiger Endvierziger und steuerte mit ausgestreckter Hand auf die beiden Beamten zu.

„Ich weiß nicht, ob ich sagen soll, es ist mir eine Ehre oder eher vor Angst zittern sollte, dass die Kriminalpolizei bei mir vorstellig wird."

Er zeigte ein wahres Haifischlächeln und drückte beiden Beamten die Hand. Dann sah er zu seiner

Sekretärin. „Einen Kaffee werden sie doch nicht ab-
schlagen, oder?"

Ohne ihre Antwort abzuwarten, nickte er der jungen
Frau zu. Dann deutete er auf eine ausladende Sitz-
gruppe. „Nehmen sie doch bitte Platz." Er setzte sich
ihnen gegenüber, in diesem Moment wurde, wie ver-
abredet, der Kaffee serviert.

„Bitte jetzt keine Telefonate", wies er die Sekretärin
noch an und diese Schloss die Tür hinter sich.

„Wie kann ich ihnen behilflich sein?" Petersen setzte
sich zurück, schlug die Beine übereinander und
nippte an seinem Kaffee.

„Es geht um Heiko Flott."

Der Chef von *Backglück* stellte seine Kaffeetasse zurück auf den Tisch und setzte eine höchst betroffene
Miene auf. „Das ist schrecklich, nicht wahr? Erst
wird sein Stollen vergiftet und jetzt ist er tot."

Er seufzte auf und rührte umständlich in seiner Kaffeetasse herum.

Mike warf Marianne einen Blick zu. Sie beide nah-
men ihm diese demonstrative Betroffenheit nicht ab.

„Wie gut kannten sie Herrn Flott?", fragte jetzt Mike.

Petersen zuckte leicht die Schultern. „Naja, wie man
sich auf geschäftlicher Ebene eben kennt."

Mike sah ihn eindringlich an. „Geht es etwas konkre-
ter, Herr Petersen?"

Dieser zog kurz die Augenbrauen in die Höhe, rückte
sich dann aber aufrecht in seinem Sessel zurecht.

„Herr Flott trat an mich heran, weil er seine Bäckerei
veräußern wollte. Ich habe mir das Objekt angesehen,

weil es mir sehr lukrativ erschien. Danach habe ich die Bilanzen prüfen lassen, was man eben so tut und Herrn Flott ein Angebot unterbreitet. Zum Abschluss kam es ja nun aus den bekannten Gründen leider nicht mehr."

Jetzt probierte es Marianne. „Wie wirkte Herr Flott denn so auf sie als Mensch?", fragte sie und lächelte ihm ermutigend zu.

Petersen holte tief Luft. „Naja, er war schon recht geschäftstüchtig. Also, er wollte mir die Bäckerei keinesfalls für einen Appel und ein Ei überlassen."

Er lachte kurz auf. „Er hat wirklich hart verhandelt. Also, alles in allem ein tüchtiger junger Mann."

Marianne Jäger räusperte sich etwas. „Haben sie auch mal über private Dinge gesprochen?"

Der Chef der Großbäckerei sah sie erstaunt an. „Nein, wieso sollten wir? Unsere Beziehung war rein geschäftlich."

Mike erhob sich. „Das war es dann, Herr Petersen, vielen Dank für ihre Zeit." Er hatte, ebenso wie Marianne, den Kaffee nicht angerührt. Als er schon fast am Ausgang war, drehte Mike sich nochmals um.

„Was wird jetzt aus dem Deal, ich meine, die Bäckerei zu übernehmen?"

Petersen lächelte wieder sein Haifischlächeln. „Das muss der Erbe von Herrn Flott entscheiden. Soweit ich informiert bin, hat Herr Flott nur einen alten Vater, der im Pflegeheim lebt. Zu gegebener Zeit werde ich mich mit ihm in Verbindung setzen und ihm ein Angebot unterbreiten."

Mike nickte und ging mit Marianne hinaus.

„Der Kerl ist ja noch schlimmer als dieser Stadtrat Wallensteiner", meinte Marianne, als sie unten in Mikes Wagen stiegen.

Der nickte, während er sich anschnallte. „Dafür, dass er angeblich nur rein geschäftlich mit Heiko Flott zu tun hatte, kennt er sich sehr gut mit dessen Familienverhältnissen aus."

Er fuhr an und die Großbäckerei verschwand aus ihrem Blickfeld. „So und jetzt fahren wir zu Mirko Moderig. Karsten und sein Trupp sind schon vor Ort", meinte Mike, nachdem er an der Ampel kurz auf sein Smartphone gesehen hatte.

Mirko Moderigs Wohnung in Haselbrunn lag im zweiten Stock eines nett renovierten Jugendstilhauses. Auf den ersten Blick wirkte sie sauber und aufgeräumt, sodass Karsten Windisch hinter Marianne und Mike, die vor ihm die Wohnung betreten hatten, hörbar aufatmete. „Ich hatte schon eine verkeimte Junggesellenbude befürchtet", sagte er, stellte seinen Koffer ab und nickte seinen Kollegen zu. „Gut, dann wollen wir mal."

Mike, der ebenfalls Handschuhe und Schuhüberzüge trug, sah sich in den zwei Räumen, eine Küche und einen kombinierten Schlaf-Wohnraum um. Nirgends war auf den ersten Blick ein Gegenstand erkennbar, der sich als mögliche Tatwaffe geeignet hätte.

Marianne, die wieder in den Flur getreten war, bemerkte einen älteren Mann, der gerade die gegenüberliegende Wohnung verließ. Sie ging auf ihn zu und wies sich aus. Auf dem Klingelschild las sie einen Namen. „Herr Heidrich?"

Dieser nickte „Ja, Klaus Heidrich. Hat der Mirko was angestellt?", fragte er und nickte in Richtung der offenen Vorsaaltüre. „Es geht eher darum ihn zu entlasten. Kennen sie Mirko Moderig gut?"

Der Mann wog den Kopf langsam hin und her.

„Naja, gut. Wie man sich als Nachbarn so kennt. Guten Tag und guten Weg und ab und zu ein Schwätzchen. Ist ja schlimm mit dem vergifteten Stollen. Ich hatte auch von ihm einen und habe ihn zurückgegeben an ihn, als das in der Freien Presse stand. Denken sie, dass Mirko das war? Also ich kann es mir ehrlich gesagt nicht vorstellen. So ein netter Kerl, auch wenn er…" Der Mann brach ab und räusperte sich.

„Wenn er was?", hakte Marianne nach.

Der Mann rollte etwas die Augen. „Na, vom anderen Ufer ist, sie wissen schon." Er hob die Hand. „Nicht, dass sie denken, ich hätte was gegen diese Leute. Kann ja jeder machen was er will. Mirko ist da immer diskret. Da kamen nicht laufend irgendwelche Kerle. Nur vor einer Woche, da kam einer, ich erinnere mich deshalb daran, weil es Streit gab. Ging ganz schön hoch her. Aber ich habe nichts gesagt und nach einer Weile war dann Ruhe. Da haben sie sich wohl versöhnt." Er grinste etwas.

Marianne zog ihr Smartphone aus der Tasche und zeigte ihm ein Bild. „War es der?"

Der Mann kramte umständlich eine Brille aus der Jackentasche und sah auf das Display. „Das? Das ist doch dieser Heiko Flott, der Biobäcker, den sie umgebracht haben? Nein, also der war es nicht. Der kam zwar ab und an, aber der mit dem Streit, war älter."

Marianne war erstaunt, wie gut der Mann informiert war. „Woher wissen sie das über den Mord an Heiko Flott?"

Der Mann lachte auf. „Ich bin zwar über sechzig, aber kein digitaler Neandertaler." Er brach ab, als sei damit alles gesagt.

„Also Heiko Flott war es nicht?"

„Nein. Wie gesagt, der war älter und ich hatte auch das Gefühl, das er nicht gesehen werden wollte. Er trug eine Mütze und einen Schal, bis hoch über den

Mund gezogen, dabei war es gar nicht so kalt."

„Ein Auto haben sie nicht gesehen?", fragte Marianne, aber der Mann schüttelte bedauernd den Kopf.

„Nein. Wie gesagt, nachdem da drüben wieder Ruhe war, habe ich mich auch nicht mehr dafür interessiert."

In diesem Moment trat Mike in den Flur. „Das ist Hauptkommissar Köhler. Herr Heidrich, der Nachbar." Die beiden Männer nickten sich zu.

„Sagen sie, Herr Heidrich, gehört zu der Wohnung noch irgendwelches Nebengelass?"

Der Mann deutete nach unten. „Ein Kellerabteil. Bis vor ein paar Jahren gab es auch noch Bodenkammern, aber da ist jetzt eine Wohnung entstanden."

Marianne nickte ihm zu. „Könnten sie uns vielleicht das Abteil von Herrn Moderig zeigen?"

Klaus Heidrich deutete in Richtung Mirkos Wohnung. „Der Schlüssel hängt innen am Haken."

Mike griff um die Tür herum und hielt einen Schlüssel mit einem Anhänger in der Hand. „Der?"

Der Mann nickte und ging langsam die Treppe nach unten.

„Karsten, kommst du mal?" rief Mike in die Wohnung hinein und der Gerufene kam mit einem Mitarbeiter und dem Koffer heraus.

Unten angekommen, deutete Herr Heidrich auf eine Reihe von ziemlich neuen Bretterverschlägen. „Der vorletzte Keller gehört Mirko", sagte er und sah Marianne Jäger an. „Brauchen sie mich noch? Ich habe einen Arzttermin."

Diese schüttelte den Kopf. „Nein, Herr Heidrich und nochmals vielen Dank. Sollten wir noch Fragen haben kommen wir nochmals auf sie zu."

Der Angesprochene hob die Hand und eilte aus dem Keller heraus nach oben.

Karsten Windisch öffnete das Kellerabteil und schaltete das Licht ein. Auch hier war alles scheinbar gut sortiert. Einige Kisten standen gestapelt an der Wand, daneben ein paar Skier. Zwei Farbeimer und ein alter Hocker vervollständigten das Ensemble.

„Schau mal hier", sagte plötzlich einer der Mitarbeiter, der begonnen hatte, die Kisten von der Wand weg zu räumen.

Hinter den Kisten stand, an die Kellerwand gelehnt, ein Baseballschläger. Karsten zog seine Kamera heraus und begann, einige Aufnahmen zu machen.

Dann griff er vorsichtig den Baseballschläger und leuchtete ihn ab. „Mike", sagte er und sah zu diesem hin.

Als der neben ihn trat, nickte der Leiter der Spurensicherung in Richtung des Schlägers. „Sieht aus wie Blut. Ich denke, wir haben die Tatwaffe gefunden."

Kapitel 8

„Ich hatte nie einen Baseballschläger und schon gar nicht in meinem Keller."

Mirko Moderig sah aufgeregt von Marianne zu Mike, der bei der neuerlichen Vernehmung mit dabei war.

„Den muss mir jemand dort hineingestellt haben."

Mike lachte kurz auf. „Also wirklich, Herr Moderig. Halten sie uns für komplette Anfänger? Natürlich haben wir sowohl das Keller-als auch ihr Wohnungsschloss spurentechnisch überprüft. Dort ist niemand eingedrungen. Also, jetzt sagen sie uns bitte, wie soll der Baseballschläger dort hineingekommen sein, wenn nicht durch sie?"

Stumm schüttelte der Angesprochene den Kopf. Marianne wechselte einen kurzen Blick mit Mike und dieser zog leicht die Brauen nach oben. Schließlich setzte er sich und schwieg.

Marianne Jäger beugte sich zu Mirko Moderig herunter. „Mirko, wer ist der Mann, der neulich bei ihnen war und mit ihnen gestritten hat?"

Der junge Mann schaute sie erschrocken an. „Woher…" murmelte er, verstummte aber sofort wieder.

„Das ist doch jetzt gleichgültig woher wir das wissen. Wer ist es?"

Mirko Moderig schüttelte wieder den Kopf.

„Mirko…", versuchte es Marianne Jäger erneut, als ein Beamter eintrat.

Er sah von ihr zu Mike und deutete nach draußen.

„Es ist dringend", sagte er und nickte in die Richtung

von Mirko. „Soll ich ihn zurückbringen?"

Mike nickte.

Scheinbar war es etwas Ernstes, das ihre Anwesenheit erfordern würde.

„Sie ist seit ungefähr 72 Stunden, plus, minus, tot."
Omar Amri erhob sich mit einem leisen Stöhnen.

„Ihr könnt froh sein das ich heute meinen ersten Arbeitstag habe", sagte er zu Karsten Windisch, der bereits neben ihm Position bezogen hatte.

„Och, deine Assistentin ist auch sehr nett, vor allen Dingen, so umgänglich", murmelte dieser und Omar grinste.

„Tja, Pech gehabt", murmelte er zurück und ging zu Mike und Marianne, die im Wohnzimmer der kleinen Wohnung auf ihn warteten.

„Also langsam wird der Täter langweilig", sagte er, während er die Handschuhe auszog. „Er wollte es wieder wie einen Suizid aussehen lassen, aber bei Öffnung der Pulsadern geht das schlecht. Da muss man schon ein absoluter Profi sein. Kein Mensch schafft es, sich links und rechts mit gleichem Druck diese Schnitte beizubringen. Also, bis zu offiziellen Autopsie, ihr könnt zu 99,9% von einem Tötungsdelikt ausgehen. Er hat sie betäubt, mit was, werde ich hoffentlich noch herausfinden. Jedenfalls lässt nichts auf einen Kampf schließen. Dann hat er sie in die volle Badewanne gesetzt und ihr die Pulsadern beidseitig geöffnet. Ob sie am Blutverlust gestorben oder ertrunken ist, kann ich allerdings erst nach der Autopsie sagen."

Marianne Jäger sah sich in dem kleinen Wohnzimmer um. In der Küche sprach eine Polizeipsychologin mit der Freundin von Sandy Wieland. Diese hatte sie erfolglos versucht zu erreichen. Da sie einen Schlüssel zu ihrer Wohnung hatte, war sie kurzentschlossen hergefahren und hatte Sandy tot in der Badewanne aufgefunden.

„Sie steht unter Schock", sagte Marianne leise und deutete mit einem Kopfnicken in Richtung Küche.

„Naja, so etwas sieht man ja auch nicht alle Tage", meinte Omar. „Also ich fahre jetzt rüber ins Institut. Karsten weiß Bescheid und lässt sie schnellstmöglich hinbringen." Er hob zum Abschied die Hand und ging.

Mike lehnte sich an den Fensterstock und sah Marianne an. „Hältst du Mirko Moderig immer noch für unschuldig? Ich will wetten, dass er uns auch für diese Tat kein glaubwürdiges Alibi bieten kann."

Die Angesprochene nickte zögerlich. „Ja, aber ich frage mich noch immer nach dem Motiv. Wenn er schon Heiko Flott in einem Rausch der Eifersucht erschlagen haben sollte, warum dann Sandy Wieland?"

Mike grinste etwas. „Na, da komm einmal mit."

Er führte sie ins Schlafzimmer der jungen Frau, das einfach eingerichtet war mit Möbeln aus solidem Holz. Neben dem stabil aussehenden Doppelbett stand ein Nachttisch.

Darauf ein aufgeschlagenes Buch von einem Marianne unbekannten Autor, daneben eine Tube Handcreme und ein Bild. Mike deutete darauf.

Es war ein Profilfoto von Heiko Flott und jemand hatte zwei rote Herzen darauf geklebt.

„Da hast du dein Motiv", sagte Mike.

Staatsanwalt Gebhardt sah über den Monitor zu, wie dieses Mal Mike gemeinsam mit Marianne die Befragung von Mirko Moderig durchführte. Kommissarin Jäger hielt sich scheinbar bewusst zurück, sie saß nur am Tisch und blätterte in irgendwelchen Akten, die sicher nur der Ablenkung dienen sollten.

Hauptkommissar Köhler schien äußerst erbost, zumal sein Gegenüber weiterhin beharrlich schwieg und nur ab und zu einen Blick auf Marianne warf, als erhoffe er sich von ihr Hilfe.

„So, Herr Moderig. Jetzt ist mal Schluss mit lustig. Sie haben Heiko Flott getötet, ob in Notwehr oder nicht, das mag dahingestellt sein. Auf alle Fälle war es ein Verbrechen aus Eifersucht. Sie hatten herausgefunden, dass er ein Verhältnis mit Sandy Wieland hatte. Damit konnten sie nicht umgehen und haben auch sie getötet. Oder war es etwas anderes?"

Der Staatsanwalt sah über den Monitor, wie Mirko Moderig den Kopf hob und Mike entsetzt ansah. Er schien wirklich ein guter Schauspieler zu sein.

„Sandy ist tot?", stammelte er jetzt.

Mike schlug mit der flachen Hand vor ihm auf den Tisch, so dass dieser zusammenzuckte.

„Hören sie doch auf mit diesem Theater. Sandy Wieland hat Eins und Eins zusammengezählt und sie mit dem Mord an Heiko Flott in Zusammenhang gebracht. Darum musste auch sie sterben."

Stumm schüttelte der junge Mann den Kopf.

Mike legte seine Hand Marianne auf die Schulter.

„Komm", sagte er. Als diese schon an der Tür war,

rief Mirko Moderig leise ihren Namen. Sie drehte sich um. „Ich war es nicht, Frau Kommissarin Jäger, bitte glauben sie mir.", sagte er und ließ seinen Kopf auf die Brust sinken.

„Er schweigt beharrlich", sagte Mike zu Staatsanwalt Gebhardt, als sie den Nebenraum betraten.

Dieser zuckte die Schultern. „Trotzdem habe ich keinen Zweifel an seiner Schuld. Er bleibt in Untersuchungshaft und sie sehen zu, dass sie mit Indizien den Fall wasserdicht machen. Vielleicht redet er dann vor Gericht."

Er erhob sich und sah die beiden Beamten an. „Gute Arbeit", sagte er, reichte ihnen die Hand und verließ den Raum.

Mike wandte sich an Marianne. „Fahren wir zu Omar?" Sie nickte und folgte Mike wortlos.

Im Auto sah er sie an. „Was ist los? Hältst du ihn wirklich nicht für den Täter?"

Er startete den Wagen und fuhr durch das Tor. Während er in Richtung Dittrichplatz einbog, holte Marianne Jäger tief Luft. „Irgendwie passt mir das alles zu gut."

Mike lachte leise. „Irgendwann müssen auch wir mal Glück haben und ein Fall ist wirklich so wie er ist?"

Sie sah zu ihm hin. „Nein, ich meine es ernst. Überlege einmal, ich hatte schon gesagt, ich traue ihm einen Totschlag zu, aber zwei eiskalte Verbrechen? Dazu fehlt es ihm an krimineller Energie."

Mike hielt an der Ampel und sah zu Marianne hinüber. „Das hat vielleicht gar nichts mit krimineller

Energie zu tun. Es war wie ein Dominoeffekt, er konnte dann nicht mehr aufhören."

Er spürte, dass Marianne nicht überzeugt war.

Sie sah grübelnd aus dem Wagenfenster. Obwohl er sonst sehr viel auf ihre Intuitionen gab, in diesem Fall schloss er sich dem Staatsanwalt an. Vielleicht schafften sie es doch noch das Mirko Moderig gestand und es so keinen langen Indizienprozess gab.

Aber schließlich war das dann Sache des Staatsanwaltes und des Gerichtes.

„Sie ist ertrunken. Ich bin mir aber sicher, sie hat es nicht mehr gemerkt. Als Betäubungsmittel müssen wir von Gammahydroxybuttersäure oder ähnlichem ausgehen. Jedenfalls ist es nicht mehr nachweisbar. Mit Sicherheit wurde sie stark betäubt, denn nirgends sind Abwehrspuren erkennbar. Sie wurde, wie ich schon vermutete, in die mit Wasser gefüllte Badewanne gelegt, die Pulsadern wurden dann mit einem scharfen Messer eröffnet. Das hat Karsten auch in der Badewanne liegend aufgefunden. Sie ist dann in der Wanne nach unten gerutscht und ertrunken. Man kann schon fast von einer Übertötung sprechen. Sie wäre auch ohne die Pulsaderöffnung ertrunken. Aber der Täter wollte wahrscheinlich auf Nummer sicher gehen." Omar sah Mike und Marianne an, die beide vor seinem Schreibtisch saßen.

„Liegt ein Sexualdelikt vor?", fragte Marianne nach, aber Omar schüttelte den Kopf. „Nein. Sie trug ja ihre Unterwäsche, auch diese war intakt. Keine Hinweise auf irgendeine Penetration. Im Übrigen war sie schwanger, 16. Woche."

Mike und Marianne sahen sich an. „Was?"

Der Pathologe zuckte die Schultern. „Ja. Bringt mir einen möglichen Kandidaten und ich sage euch, ob es der Vater ist."

Mike lächelte etwas. „Wir denken, den hast du schon hier." Omar ließ sich in seinen Schreibtischsessel zurückfallen. „Ach? Kerstin hat doch gesagt er wäre homosexuell gewesen."

Er tippte auf seinen Laptop, scheinbar um den

Obduktionsbericht von Heiko Flott aufzurufen.

„Bisexuell", sagte Mike und Omar nickte langsam.

„Na dann. Gut, ich mache einen Abgleich. Ist das relevant für den Fall?"

„Es erklärt zumindest, warum Sandy Wieland auch sterben musste. Zum einen hatte sie wohl Mirko Moderig in Verdacht, zum anderen war dieser eifersüchtig. Und was wohl, wenn er wusste, dass sie von Heiko Flott schwanger war, seiner großen Liebe, die dieser nicht erwiderte? Das hat wahrscheinlich diese Lawine in Gang gesetzt."

Omar stieß einen leisen Seufzer aus. „Mein Gott, diese Dreiecksbeziehungen sind immer kompliziert." Er erhob sich. „Also seht zu, dass ihr den Fall bis nächste Woche in warmen Tüchern habt."

Als Mike ihn verwundert ansah, rollte er die Augen nach oben. „Herr Pate, hast du vergessen, dass unsere beiden Sonnenscheinchen Taufe haben?"

Mike schlug sich mit der Hand leicht an die Stirn. „Nein, habe ich nicht vergessen."

Wie von Omar nicht anders zu erwarten, würde auch diese Feier einen Eventcharakter haben, zumal er neben seinen zahlreichen Verwandten auch alle Freunde, Bekannte und Kollegen eingeladen hatte, inklusive Marianne Jäger, Karsten Windisch, Frank Keilwert und Frieder Lein. Auch Kates gesamtes Team würde dabei sein. Marianne beugte sich leicht zu Omar hin. „Und die Namen wollt ihr noch immer nicht verraten?" Dieser grinste spitzbübisch. „Die erfahrt ihr am bewussten Tag."

„Mein Gott, das zieht ja hier wie Hechtsuppe", sagte Marianne, als sie auf dem Flur des Präsidiums entlang gingen. Mike deutete zur der Fensterreihe. Dort standen zwei Mitarbeiter einer Fensterreinigungsfirma auf den Leitern und bearbeiteten gerade die Glasscheiben. „Ich frage mich, warum machen die das gerade in dieser Kälte?"

Mike lächelte. „Wie überall, man muss froh sein, wenn man überhaupt noch einen Termin bekommt, das ist hier scheinbar auch nicht anders."

Sie gingen in den Raum, in den man bereits Mirko Moderig gebracht hatte, wie Mike es telefonisch angeordnet hatte. Der junge Mann wirkte blass, geradezu kränklich.

Mike und Marianne setzten sich ihm gegenüber. Bereits im Auto hatten sie vereinbart, dass Mike wieder die Befragung leiten würde. Also lehnte er sich jetzt etwas nach vorn und sah Mirko Moderig an.

„Wir kommen gerade von der Pathologie, Herr Moderig. Sandy Wieland war in der sechzehnten Woche schwanger. Aber das wissen sie, nicht wahr?"

Der junge Mann sah kurz auf, sein Blick huschte zwischen Mike und Marianne hin und her, als suche er eine Bestätigung für das eben gehörte. Dann schluckte er. „Ich wusste nicht, dass sie schwanger ist, ich meine, ist… war Heiko der Vater?"

Mike seufzte hörbar auf. „Bitte, Herr Moderig, machen sie es uns und sich doch nicht so schwer. Es ist ja verständlich das sie eifersüchtig waren. Heiko Flott, ihre große Liebe, betrügt sie mit einer Frau und nicht nur irgendeiner Frau, nein, mit ihrer gemeinsamen Kollegin. Da können einem schon mal die Nerven durchgehen."

Mirko Moderig hob den Kopf und sah Mike lange an. „Herr Hauptkommissar, ich habe ihnen nichts mehr zu sagen." Seine Stimme hatte plötzlich eine Festigkeit, die beide Beamte überraschte.

Mike hob die Hände. „Bitte, das ist ihre Entscheidung. Ein Geständnis hätte sich durchaus positiv auswirken können, aber wie gesagt, ihre Entscheidung."

Er stand auf und ging zur Tür. „Er kann wieder zurück", sagte er zu dem diensthabenden Beamten und dieser nickte. Nachdem die beiden den Raum verlassen hatten, seufzte Marianne etwas auf.

„Warum sagt er nichts, er…" Sie verstummte, weil plötzlich Geschrei auf dem Flur zu hören war.

„Nein", hörte sie noch, dann war Ruhe.

Unten von der Straße war der spitze Schrei einer Frau sogar durch das geschlossene Fenster zu hören.

Mike und sie sahen sich an, dann rannten sie zeitgleich auf den Flur. Der Beamte und die beiden Fensterputzer beugten sich weit aus dem geöffneten Fenster.

„Was ist denn los?", fragte Mike, obwohl er die Situation blitzschnell genau eingeschätzt hatte.

Das kreideweiße Gesicht des Beamten, der sich zu ihnen umwandte, gab ihm Gewissheit.

„Er ist einfach gesprungen, vor unseren Augen und ohne eine Minute zu zögern", stammelte der Polizist und die beiden Fensterputzer, ähnlich blass, nickten. „Scheiße", war alles, was Mike herausbrachte, als er aus dem Fenster sah und auf eine regungslose Gestalt auf dem Pflaster blickte, um das sich langsam eine Blutlache bildete.

„Eindeutig ein Schuldeingeständnis. Ich hätte mir zwar auch eine andere Lösung des Falles gewünscht, aber das lässt sich nun nicht mehr ändern. Jedenfalls ist dem diensthabenden Beamten kein Vorwurf zu machen. Es war eine Verkettung unglücklicher Umstände, dass die Fensterputzer gerade zu dieser Zeit in dieser Etage waren und alle Fenster sperrangelweit offenstanden", sagte Staatsanwalt Doktor Gebhardt zu Mike. Als dieser schwieg, klopfte er ihm jovial auf die Schulter. „Schließen sie den Fall bitte zügig ab." Damit war er zu Tür hinaus.

Kurz darauf betrat Marianne Jäger Mikes Büro.

„Sie haben ihn einigermaßen stabilisiert, sagt Omar. Er hat sich gleich mit dem Notarzt in Verbindung gesetzt. Ob er allerdings überlebt, steht noch in den Sternen." Sie setzte sich ihm gegenüber. „Was wollte Gebhardt?", fragte sie nach einer Weile, als Mike noch immer nichts sagte.

Dieser seufzte auf. „Ich soll den Fall zügig abschließen. Er geht von einem Schuldeingeständnis aus. Und irgendwie kann ich ihn sogar verstehen. Warum wohl sollte sich Moderig sonst aus dem Fenster stürzen wollen?"

Langsam nickte Marianne. „Ja, warum wohl? Vielleicht ist er, wenn er überlebt, in ein paar Tagen oder Wochen wieder ansprechbar?" Es klang nicht sehr optimistisch und Mike spürte, wie auch ihr der Schreck noch in den Gliedern steckte. Spontan erhob er sich. „Weißt du was? Der ganze Schreibkram hat Zeit bis morgen, machen wir für heute Feierabend."

Natürlich war es das Event, dass sogar Omars 50. Geburtstag in den Schatten stellte. Die Eltern hatten sich für eine christliche Taufe entschieden, die der emeritierte Pfarrer Bromsig durchführte. Nun war auch das Geheimnis um die Namen gelüftet.

Franz Ali Mike und Emma Fatima Katherina Amri hatten als Zweitnamen die Namen ihrer Großeltern väterlicherseits und als Drittnamen die Namen ihrer Paten erhalten. Beide hatten den Großteil der Zeremonie verschlafen und den eigentlichen Akt mit aufgeregtem Giggeln über sich ergehen lassen. Jetzt schliefen sie tief und fest in ihrem Kinderzimmer, ungeachtet der Geräuschkulisse im Haus.

Jasmin kam gerade mit dem Babyphone in der Hand die Treppe herunter. Zwar hatte sie ihre alte Figur noch nicht wieder erreicht, sah aber in dem stahlblauen Etuikleid wunderschön aus. Kate, die sich gerade mit Bogdan Serwowitsch unterhalten hatte, wartete auf sie.

„Es war wunderbar heute", sagte sie und Jasmin drückte ihr einen Kuss auf die Wange.

„Ja, das war es." Sie deutete hinüber zu Pfarrer Bromsig, der sich gerade mit dem Vorsteher von Omars Gemeinde unterhielt. Die beiden alten Männer wirkten völlig entspannt und lachten gerade über irgendetwas.

„Ich bin so froh, dass es seitens von Omar und seiner Familie keinerlei Einwände gab. Wir haben ja auch beschlossen, dass unsere Kinder später wählen können, welchen Glauben sie annehmen wollen."

111

Kate nickte. „Ja, und Gott sei Dank haben wir einen Pfarrer Bromsig, der wirklich Toleranz lebt."

Sie schlenderten zurück in das große Wohnzimmer, wo ein Catering Service damit beschäftigt war, immer neue Platten bereit zu stellen.

„Omars Mama war richtig sauer, dass wir das organisiert haben." Sie deutete in Richtung des üppigen Büfetts. „Aber sie sollte ja auch mal etwas von der Feier haben und nicht nur in der Küche herumwuseln."

Kate sah sie von der Seite an. „Und deine Eltern?"

Jasmin winkte ab. „Selbstverständlich habe ich sie eingeladen, aber aus terminlichen Gründen können sie leider nicht dabei sein. Sie haben ein Taufgeschenk geschickt, das war`s."

Es war ihr anzuhören, wie verletzt sie war.

Kate berührte sanft ihre Schulter. „Aber das war doch zu erwarten, oder?", sagte sie leise.

Jasmins Eltern waren von Anfang an gegen die Ehe mit „diesem Kameltreiber", wie sie Professor Doktor Omar Amri bezeichneten, gewesen. Es war also wirklich nicht zu erwarten, dass sie ihre Meinung geändert hatten.

Jasmin zuckte schließlich die Schultern. „Was soll es. Sie hätten mit ihrer Ignoranz mit Sicherheit die ganze Stimmung verdorben."

Sie deutete auf Omar, der ihr über die Köpfe der Anwesenden hinweg deutete zu ihm zu kommen.

„Ich muss wohl mal rüber zu ihm", sagte sie lachend zu Kate und bahnte sich einen Weg durch den Pulk an Gästen.

Kate ging inzwischen in Richtung Küche. Sie brauchte einfach ein paar Minuten Ruhe. Dort traf sie auf Marianne Jäger, die mit einem Glas Wein am Küchentisch saß. Sie hob den Blick und sah Kate an. Diese zog sich einen Stuhl unter dem Tisch vor und setzte sich.

„Du brauchst wohl auch ein bisschen Ruhe?", fragte sie Marianne und diese nickte. Aber Kate spürte, dass es noch etwas anderes war, was Marianne Jäger auf der Seele lag. „Es geht um euren Fall, nicht wahr?", fragte sie.

Die Kommissarin nickte. „Ja, obwohl es ja offiziell keiner mehr ist. Mike hat die Anweisung von der Staatsanwaltschaft bekommen, ihn abzuschließen." Kate stand auf und nahm sich ein Glas Mineralwasser. Damit lehnte sie sich an die Küchenzeile.

„Du denkst also immer noch, dieser Mirko Moderig war nicht der Täter?"

Marianne Jäger seufzte auf. „Natürlich spricht alles dafür, einschließlich seines Selbstmordversuches."

Kate stellte ihr Glas ab. „Wie geht es ihm eigentlich?"

„Schlecht. Er liegt im Koma. Noch können die Ärzte nicht sagen, ob und wie er überlebt."

Kate ging zu ihr hin und legte die Hand auf ihre Schulter. „Weißt du was, lass uns am Montag in meinem Büro noch einmal darüber sprechen."

Marianne Jäger sah sie an. „Der Fall ist offiziell abgeschlossen", gab sie zu bedenken.

Kate grinste etwas. „Für Mike, wie du so richtig gesagt hast. Aber weder für dich noch für mich."

Marianne Jäger lächelte.

„Na komm", sagte Kate und deutete mit dem Kopf in Richtung der Geräuschkulisse. „Die Party ist noch nicht zu Ende, zumindest nicht, bis wir eine von O-mars Tanzeinlagen genießen dürfen."

Lachend verließen sie die Küche.

Kapitel 9

Kate sah auf die Zettel, die Marianne Jäger in ihrem Büro an den Flipchart gepinnt hatte. Da diese ja in dem abgeschlossenen Fall nicht mehr benötigt worden waren, hatte sie sie gleich mit in Kates Büro gebracht.

Es war Montagvormittag und nach der allwöchentlichen Besprechung zu Wochenbeginn waren die Mitarbeiter unterwegs, außer Chris, der die beiden Frauen eben mit Kaffee versorgte.

„Wenn du magst, bleib da", sagte Kate und warf Marianne Jäger einen Blick zu. Diese nickte.

Dann konzentrierte sich Kate auf die Aufzeichnungen. Langsam sah sie zu Marianne hin. „Was stört dich an der Tatsache, dass Mirko Moderig der Täter ist? Ganz spontan."

„Das er nicht der Typ für zwei kaltblütig geplante Verbrechen ist. Totschlag ja, aber Mord?"

Kate lehnte sich zurück. „Ein Gefühl oder kannst du das fachlich begründen?"

Marianne Jäger seufzte leise auf. „Wenn ich das schlüssig beweisen könnte, hätte der Staatsanwalt nicht den Fall abschließen können."

Kate dachte unwillkürlich an ihre letzte Begegnung mit Doktor Gebhardt und dessen Meinung über Kommissarin Jägers Art der Visualisierung. Vielleicht war schon das der Grund das sie gern beweisen wollte, dass Marianne mit ihren Zweifeln an der Täterschaft Moderigs richtig lag.

Trotz allem, Gefühle allein würden sie nicht weiterbringen. Sie stand auf und nahm die Zettel von der Tafel ab. Sie spürte Mariannes enttäuschten Blick förmlich in ihrem Nacken. Dann wandte sie sich um. „Beginnen wir noch mal von vorn."

Als erstes pinnten sie alle Namen an, die im Zusammenhang mit diesem Fall aufgetaucht waren, Heiko Flott, sein Vater, seine Nachbarin Larissa Beer, Mirko Moderig, Sandy Wieland, Stadtrat Karl-Friedrich Wallensteiner, Klaus Petersen, Chef der Großbäckerei *Backglück*.

Kate tippte auf diese Namen. „Was ist mit diesem Stadtrat Wallensteiner und dem Chef von *Backglück*?" Marianne spitzte konzentriert die Lippen. „Wallensteiner hat als Bürge für Heiko Flotts Bäckerei fungiert. Angeblich, weil er ein Start-up unterstützen wollte. Petersen wollte die Firma übernehmen."

Chris, der bisher geschwiegen hatte, zuckte leicht die Schultern. „Naja, politisch macht sich das für Wallensteiner auf alle Fälle gut. Aber wenn er wirklich etwas damit zu tun hätte wäre es politischer Selbstmord, besonders so kurz vor der Oberbürgermeisterwahl. Er ist doch der aussichtsreichste Kandidat."

Kate lächelte. „Ach, der ist das? Stimmt, überall lacht er einen von diesen Wahlplakaten an."

Marianne nickte ihr zu. „Jetzt kannst du dir vorstellen, warum Staatsanwalt Gebhardt nicht mal einen kurzen Gedanken an ihn verschwendet hat."

„Gut", meinte Kate und sah zu Chris hin. „Steven soll mal bissel recherchieren, obwohl ich auch zu deiner

116

Meinung neige. Seine Unterstützung für Heiko Flott wird aus ganz pragmatischen, politischen Gründen erfolgt sein. So etwas setzt sich in den Köpfen potenzieller Wähler fest." Dann sah sie wieder auf die Namen. „Wie sieht es mit dieser Nachbarin, dieser Larissa Beer aus?"

Marianne zog die Stirn in Falten und schüttelte langsam den Kopf. „Die hatten wir nie auf dem Schirm."

„Außerdem", ergänzte Kate. „Jemand müsste sich noch mal bei den Angestellten in der Bäckerei umhören und bei diesem Petersen von der Großbäckerei."

Sie sah, dass sich Chris eifrig Notizen machte.

Dann lehnte sie sich zurück und trank einen Schluck von ihrem Kaffee. Dabei ließ sie die Tafel mit den Namen nicht aus den Augen. Schließlich wandte sie sich wieder Marianne Jäger zu.

„Ich gebe dir recht. Ich glaube auch, ihr habt euch zu schnell auf Mirko Moderig als Täter eingeschossen. Aber, und das muss man zu eurer Entschuldigung sagen, zum einen sieht es wirklich alles so schlüssig aus, zu schlüssig nach meiner Meinung. Zum anderen war Mirko Moderig aber auch nicht sehr kooperativ. Warum hat er nicht gesagt mit wem er sich gestritten hat? Euer Zeuge ist doch glaubwürdig, oder?"

Marianne nickte. „Ja, ich denke, daran besteht kein Zweifel."

Kate setzte ihre Tasse ab. „Gut, gehen wir den Fall noch einmal aus der Perspektive an, dass Mirko Moderig nichts damit zu tun hat. Wer hätte ein Motiv und warum?"

Nach einer Stunde waren wieder jede Menge Zettel angepinnt, wenn auch in einer ganz anderen Reihenfolge.

Marianne Jäger wirkte skeptisch. „Wie wollen wir vorgehen?", fragte sie, aber Kate winkte ab.

„*Wir* möglichst nicht. Du solltest dich weitgehend zurückhalten deswegen nicht mit Gebhardt überwerfen. Wenn wir eine konkrete Spur haben, ist es immer noch Zeit genug ihn zu involvieren. Aber es kann sein, ich brauche dich, aber nur im Notfall, okay?"

Marianne Jäger sah nicht sehr glücklich aus, wusste aber, dass Kate recht hatte. „Und Mike?", fragte sie.

Kate warf ihr ein Lächeln zu. „Den lass meine Sorge sein."

„Kennen sich eigentlich dieser Stadtrat und der Chef von Backglück?", fragte Kate, während sie eine Frühlingsrolle anspießte.

Mike sah sie irritiert an. Dann lehnte er sich auf seinem Stuhl zurück und schob den Rest seines chinesischen Essens von sich weg. „Was hast du mit Marianne ausgeheckt?", fragte er, wobei er versuchte, seiner Stimme einen energischen Klang zu geben.

Kate zog nur eine Augenbraue nach oben und legte schließlich die Stäbchen aus der Hand.

„Mike, sei ehrlich. Ist dir kein Zweifel an Mirko Moderigs Schuld gekommen, zu keinem Zeitpunkt?"

Dieser erhob sich und stellte seinen Teller auf die Anrichte. Dann wandte er sich langsam um und lehnte sich dagegen. Schließlich nickte er. „Ja und nein. Ich muss Gebhardt recht geben, dieser Suizidversuch war doch ein Schuldeingeständnis und die Faktenlage spricht auch gegen ihn."

„Aber?", fragte Kate nach, während sie wieder ein Stück der Frühlingsrolle abbiss.

„Marianne hat es auf einen Punkt gebracht. Irgendwie passt alles zu gut." Ihr Mann setzte sich wieder an den Tisch, stützte die Arme auf und sah sie eindringlich an. „Was hast du vor?"

Kate legte ihre Stäbchen langsam neben den Teller. „Also gut. Ich möchte mich gern mit diesem Petersen unterhalten. Aber wie soll ich an ihn herankommen, ohne aufzufallen?"

Er grinste sie an. „Du hast doch bestimmt schon eine Idee, oder?" Als sie nickte, lachte er laut los.

„Guten Morgen", sagte Marianne Jäger zu der netten Sekretärin von Klaus Petersen, die sie bereits beim letzten Mal empfangen hatte.

„Frau Kommissarin", sagte diese etwas erstaunt und dann glitt ihr Blick zu Kate.

„Meine Kollegin", sagte Marianne betont ruhig. „Wir wollten Herrn Petersen nur noch ein paar kurze Fragen stellen, dann sind wir auch schon wieder weg." Die Sekretärin sah in ihren PC. „Er hat auch in einer Stunde schon wieder das nächste Meeting. Aber für ein paar Fragen reicht die Zeit."

Sie erhob sich und ging in Petersens Büro. Kurz darauf kam sie wieder heraus. „Herr Petersen hätte dann Zeit für sie."

Kate warf ihr ein Lächeln zu, das herzlich erwidert wurde.

Klaus Petersen stand hinters einem Schreibtisch auf und steuerte auf die beiden Frauen zu. Mit seinem Haifischlächeln begrüßte er zuerst Marianne.

„Frau Kommissarin Jäger, nicht wahr?" Sie nickte und jetzt wandte er sich Kate zu. Diese ergriff die ihm dargebotene Hand. „Schulz, Katherina Schulz." Der Chef von *Backglück* zog etwas die Brauen nach oben. „Auch Kommissarin?", fragte er.

Aha, scheinbar machte es ihn stutzig, dass Marianne sie nicht mit ihrem Dienstgrad vorgestellt hatte. Gut, konnte er haben. Noch ehe Marianne antwortete, schüttelte Kate den Kopf. „Nein, Special Agent, FBI." Klaus Petersen sah sie erst verdutzt an, dann lachte er los. „Also wirklich", sagte er und deutete auf die

Sitzecke. „Geschieht mir ganz recht, wenn ich so neugierig bin."

Kate setzte sich ihm genau gegenüber. „Das war kein Scherz, Herr Petersen. Ich war wirklich Special Agent beim FBI in Atlanta und berate jetzt die Kriminalpolizei."

Noch immer ungläubig, sah Petersen zu Marianne, der nichts anderes übrigblieb als zu nicken. Dann blies er kurz die Wangen auf. „Puh, Respekt. Dann ist der Fall ja ganz groß angelegt, obwohl ich glaube, gehört zu haben, dass die Polizei den Täter gestellt hat?"

Wieder sah er von Marianne zu Kate. Diese nickte langsam. „Ja, den mutmaßlichen Täter. Wir haben nur noch einige Fragen, sozusagen, um alles korrekt abzuschließen."

Petersen lehnte sich zurück und breitete die Arme aus. „Wenn ich ihnen dabei helfen kann, dann gerne, obwohl ich nicht so recht weiß, wie?"

„Kannten sie Mirko Moderig?", begann Kate und ihr Gegenüber runzelte die Stirn. „Nicht das ich wüsste. Das ist doch der Mitarbeiter von Heiko Flott, oder?"

Kate nickte. Interessant, dass Petersen dieser Name sofort etwas sagte. Der merkte, dass er scheinbar einen Fehler gemacht hatte und runzelte bewusst intensiv die Stirn. „Es könnte sein, dass Heiko ihn erwähnt hat, als ich die Bäckerei besucht habe. Vielleicht hat er ihn mir sogar vorgestellt, aber entschuldigen sie, ich habe mit so vielen Menschen tagtäglich zu tun, da ist es schwer, sich jede einzelne flüchtige

Begegnung zu merken." Da war es wieder, dieses Haifischlächeln.

Kate ignorierte es. „Aber privat haben sie ihn nie kennengelernt?"

Petersen sah sie, plötzlich ernst werdend, an. „Ich verstehe diese Frage nicht, Frau Schulz."

Jetzt lächelte diese. „Sie ist so gemeint, wie ich sie gestellt habe."

Er atmete geräuschvoll aus. „Nein, ich kenne diesen Herrn Moderig nicht privat."

Kate lächelte noch immer. „Gut, Herr Petersen. Dann erübrigt sich auch die Frage, ob sie je in Herrn Moderigs Wohnung waren. Es gibt einen Zeugen, der einen Mann gesehen hat, der mit Mirko Moderig heftig gestritten hat und wir wollen alle in Frage kommenden Personen ausschließen."

Eine Weile war absolute Stille in dem Büro. Petersen verlor auch jetzt sein Pokerface nicht. „Das tut mir leid, ihnen damit nicht dienen zu können", sagte er und sah demonstrativ auf die Uhr.

Kate hob die Hand. „Noch eine einzige Frage, Herr Petersen und dann sind sie uns schon los."

Sichtlich gelangweilt nickte dieser.

„Kennen sie Stadtrat Wallensteiner?"

Petersen lehnte sich wieder etwas zurück und legte die Fingerspitzen aneinander. Trotzdem sah Kate, dass er dabei leicht zitterte. Seine demonstrativ zu Schau getragene Coolness schien langsam zu bröckeln. „Wie man sich so kennt. Ich schätze Herrn Stadtrat Doktor Wallensteiner als einen sehr guten

Kommunalpolitiker, der viel für unser Plauen erreichen kann." Dabei sah er Kate eindringlich an, die zustimmend nickte. „Zweifellos", murmelte sie und Petersens Miene hellte sich etwas auf.

„Wenn er unser neuer Oberbürgermeister wird und ich persönlich hege da keine Zweifel daran, wird sich vieles zum Positiven in der Stadt verändern."

Er räusperte sich. „Aber um auf ihre Frage zurückzukommen, ich spiele mit Herrn Doktor Wallensteiner im gleichen Golfclub. Da sieht man sich ab und an, aber näher bekannt, nein, das sind wir nicht. Noch nicht, wie ich hoffe."

Wieder dieses Haifischlächeln, das Kate zunehmend abstoßend fand. Sie erhob sich und sah Marianne an.

„Ich denke, Herr Petersen hat alle unsere Fragen beantwortet?"

Die Kommissarin nickte und Kate streckte dem Chef von *Backglück* die Hand entgegen. Auch dieser erhob sich schnell.

„Vielen Dank nochmals für ihre Kooperation. Wir werden jetzt ihre Zeit nicht länger in Anspruch nehmen."

Petersen verbeugte sich leicht. „Wenn ich helfen kann, dann doch gern", sagte er schnell und reichte auch Marianne die Hand, die wortlos Kate zum Ausgang folgte.

„Na, was hältst du von ihm?", fragte Kate, nachdem sie das riesige Gebäude verlassen hatten und in Richtung Auto liefen. Ein böiger Wind blies sie fast von der Straße und sie suchten schnell Schutz in Kates Wagen.

Marianne Jäger atmete tief ein und rieb die Hände aneinander. „Ich denke, er kannte Mirko Moderig doch besser als er zugibt."

Kate nickte zustimmend. Dann zog sie ihr IPhone aus der Tasche und tippte eine Weile darauf herum.

„Also, es stimmt. Petersen und Wallensteiner sind beide im gleichen Golfclub. Außerdem ist unser Stadtrat noch im Reitverein."

Sie ließ sich gegen das Polster fallen und sah zu Marianne hinüber. „Wir können nicht so mir nichts dir nichts bei Wallensteiner auftauchen. Ich denke, der würde sich direkt an den Staatsanwalt wenden und dann gibt's für dich Probleme." Sie startete das Auto und legte den Gang ein. „Weißt du", sagte sie, während sie sich in den Kreisverkehr einfädelte. „Ich bin eine lausige Golfspielerin, aber habe doch einige Erfahrung als Reiterin."

Auf Mariannes erstaunten Blick, sagte sie: „Ich war eine Weile in der Reiterstaffel." Dann überholte sie einen dahin kriechenden BMW-Fahrer und bog nach rechts ab. „Aber erst einmal fahren wir zu eurem Zeugen, der dem mysteriösen Fremden, der bei Mirko Moderig war, begegnet ist. Vielleicht kann er ihn anhand eines Fotos identifizieren."

Klaus Heidrich sah mit hochgezogenen Augenbrauen
auf Kates IPhone.

„Also, so richtig habe ich den Mann ja nicht erkannt",
sagte er zögerlich und betrachtete abwechselnd die
Bilder. „Es hätte jeder der beiden Männer hier sein
können, also von der Größe her, meine ich. Aber er
hatte ja eine Mütze auf und einen Schal um und hat
sich gleich weggedreht, als er mich sah."

Er schaute von Kate zu Marianne. „Tut mir wirklich
leid, dass ich ihnen nicht weiterhelfen kann. Aber
war es der Mirko wirklich?"

Marianne sah ihn an. „Herr Heidrich, sie wissen
doch, über laufende Ermittlungen dürfen wir nicht
sprechen." Er hob beide Hände. „Natürlich, natürlich", sagte er schnell.

Kate trat etwas zurück und steckte ihr IPhone wieder
in ihre Tasche. „Sie würden Mirko Moderig eine solche Tat wohl nicht zutrauen?", fragte sie, Mariannes
Blick ignorierend. Scheinbar war sie mit Kates Art
der Befragung gerade nicht einverstanden.

Klaus Heidrich zuckte die Schultern. „Man sagt ja immer, dass man nicht in einen Menschen hinein-
schauen kann. Aber wenn ich es jemand absolut nicht
zutrauen würde, dann Mirko. Er ist ein Träumer, jemand der einem manchmal vorkommt, als sei er
nicht ganz von dieser Welt." Er musste wohl über
seine eigene Ausdrucksweise lachen. „Verstehen sie
mich nicht falsch, er ist kein Spinner, aber das jemand
wie er gewalttätig sein soll und dann auch noch dieses Mädel umgebracht haben soll, ne, das kann ich

einfach nicht glauben."

Das war eigentlich nichts anderes, als es auch Marianne gesagt hatte. Eine Tat im Affekt, nun gut, aber zwei ausgeklügelte Morde?

„Und dann", sagte Klaus Heidrich nach einer Weile. „Glauben sie wirklich, der hätte die Stollen vergiftet? Für ihn waren Lebensmittel fast etwas Heiliges. Wie hat er immer geschimpft über unsere Wegwerfgesellschaft und das alles billig sein muss, Qualität sei da doch nicht mehr zu erwarten. So jemand vergiftet keine Lebensmittel."

Der Mann hatte sich richtiggehend in Rage geredet. Kate hatte genug gehört. „Danke, Herr Heidrich."

Als sie in Richtung Haustür gingen, hielt Mirkos Nachbar sie auf. „Wie geht es ihm denn, ich meine, kann ich ihn besuchen?"

Kate wandte sich noch einmal um, während Marianne schon die Haustür geöffnet hatte und einen Schwall kalter Luft hereinließ. „Noch nicht so gut. Er ist noch bewusstlos."

Draußen sagte Marianne: „Kate, du gibst den Leuten zu viele Informationen, das fliegt uns um die Ohren." Während Kate den Wagen aufschloss, dachte sie über Mariannes Worte nach. Schließlich, als diese auf dem Beifahrersitz Platz genommen hatte, wandte sich Kate ihr zu. „Soll ich dir mal was sagen? Dann soll es uns um die Ohren fliegen. Hauptsache, es kommt Bewegung in die Sache, denn ich denke immer mehr, du hast recht, Mirko Moderig ist nicht der Täter."

Der Reitstall von Karla von Mauersbergen lag auf einem ehemaligen Vierseithof zwischen Syrau und Fröbersgrün. Kate hatte recherchiert, wann Stadtrat Wallensteiner hier seine Stunden absolvierte und da das Wetter zwar kalt, aber klar war, würde er mit Sicherheit auch heute dort sein.

Sie parkte ihr Auto auf dem Hof und sah sich um. Alles wirkte liebevoll restauriert und man sah, dass eine Menge Geld in dieses Anwesen gesteckt worden war. Es herrschte für diese Jahreszeit ein reger Betrieb, ein junges Mädchen kam gerade in den Hof geritten, schwang sich aus dem Sattel und führte das Pferd in Richtung der Stallungen. Ihr folgte Kate bis in die Stallgasse. Sie sog den Geruch nach Pferd, Leder und Stroh in sich auf und plötzlich waren ihre Erinnerungen an ihre Zeit in der Reiterstaffel wieder präsent. Das junge Mädchen sah sie neugierig an. „Kann ich ihnen helfen?"

Kate trat näher an sie heran und streichelte dem Pferd, das diese am Halfter hielt, über den Rücken. „Ein schönes Tier", sagte sie aufrichtig bewundernd und das junge Mädchen strahlte.

„Ich möchte zu Frau von Mauersbergen."

Das junge Mädchen führte das Pferd in seinen Verschlag und begann es abzureiben. „Karla ist mit meinem Vater noch unterwegs. Sie werden in ein paar Minuten hier sein." Kate nickte und hielt dem Mädchen die Hand hin. „Katherina Schulz."

Das Mädchen ergriff sie. „Maren Wallensteiner."

„Na, das nenne ich doch mal Glück", dachte Kate

und sah dem Mädchen zu, die das Pferd fachmännisch abrieb. „Du machst das echt gut", sagte sie nach einer Weile und das Mädchen sah über die Kruppe zu Kate hin. „Kennen sie sich aus mit Pferden?"

Kate nickte. „Hm, ich war eine Weile in der Reiterstaffel, aber das ist einige Monde her und da dachte ich, ich sollte mal wieder mit dem Reiten anfangen."

Das Mädchen stieß einen leisen Pfiff aus. „Wow, Reiterstaffel. Na, so etwas verlernt man doch nicht."

Kate wog den Kopf langsam hin und her. „Das nicht, aber so ein paar Feinheiten gehen wohl verloren. Und du, reitest du schon lange?"

Das Mädchen nickte, wobei der blonde Pferdeschwanz auf und ab wippte. „Seit ich sechs bin, also acht Jahre. Mein Vater hat mir Lara gekauft, vor einem Jahr." Stolz wies sie auf das Pferd.

Kate nickte anerkennend. „Ein wunderschönes Tier. Dein Vater ist aber nicht zufällig der Stadtrat?"

Maren Wallensteiner lachte. „Zufällig ja, kennen sie ihn?"

„Leider nicht persönlich, ich habe nur viel von ihm gehört." Kate senkte langsam die Stimme. „Er soll ja unser neuer Oberbürgermeister werden."

Das Mädchen lachte etwas. „Ja, ich denke, das wird er auch. So viel und so hart wie er arbeitet."

Kate strich wieder über den Rücken des Pferdes und lehnte sich etwas dagegen. „Naja, für eine Familie ist das nicht leicht", sagte sie nach einer Weile.

Maren schüttelte den Kopf. „Mein Bruder ist total

angesäuert, weil mein Vater es meistens nicht zu seinen Fußballspielen schafft. Ich habe es da besser, wir gehen zumindest ab und zu miteinander reiten."

Kate trat wieder einen Schritt zurück Richtung Stallgasse. Sie wollte hören, ob die Besitzerin mit dem Stadtrat zurückkam. Aber noch war alles ruhig. „Ich habe gelesen, dein Vater spielt auch Golf, zusammen mit deiner Mutter."

Maren schüttelte den Kopf. „Typisch Presse", sagte sie mit einem Augenaufschlag, der Kates Lachmuskeln reizte. „Mutti und Golf, na das wäre was. Nein, da geht Vati immer allein, das ist so eine Männersache."

In diesem Moment war Hufgetrappel zu hören und Kate trat ganz in die Stallgasse. Eine große Blondine mit Modelmaßen schwang sich von ihrem Rappen und sah Kate erst misstrauisch, dann lächelnd entgegen, als sie Maren Wallensteiner hinter ihr bemerkte. „Na, Maren, du hast uns ja ganz schön abgehängt", sagte sie mit einer etwas zu schrillen Stimme.

Als sie näher herankam, sah Kate, dass die sorgfältig aufgebrachte Schminke trotzdem das wahre Alter der Besitzerin des Gestütes nicht verbergen konnte. Mochte man sie aus der Ferne auch noch für Mitte bis Ende zwanzig halten, die Nähe offenbarte, dass der vierzigste Geburtstag wohl nicht mehr fern war.

„Möchtest du uns nicht bekannt machen?", fragte sie etwas ungeduldig, während Stadtrat Wallensteiner ebenfalls abgestiegen und herangekommen war.

„Katherina Schulz", sagte Kate, noch ehe Maren

Wallensteiner etwas sagen konnte. „Wir haben nur ein wenig über Pferde geplaudert, während ich auf sie gewartet habe." Sie reichte Karla von Mauersbergen die Hand.

„Schulz? Sind sie die Besitzerin von Schulz Security?", wandte in diesem Moment der Stadtrat ein und Frau von Mauersbergen sah ihn erstaunt an. Kate nickte lächelnd in seine Richtung. Der Buschfunk schien zu funktionieren. „Wenn ich nicht irre, Herr Stadtrat Doktor Wallensteiner?"

Dieser lächelte, wenn auch etwas gezwungen, zurück und ergriff Kates Hand, die diese ihm entgegenstreckte. Dann glitten seine Augen zwischen ihr und seiner Tochter hin und her. „Ihre Tochter ist eine ausgezeichnete Reiterin", sagte sie und sah, wie Maren bei diesem Lob ihrem Vater gegenüber leicht errötete.

„Frau Schulz war bei der Reiterstaffel, also versteht sie auch etwas davon", ergänzte sie schnell.

Wallensteiner musterte Kate von Kopf bis Fuß.

„Ach", sagte er. „Ich dachte, sie waren beim FBI?"

Kate sah aus dem Augenwinkel, wie Karla von Mauersbergen sie anstarrte.

„Vorher. Ich habe vorher im Rahmen meiner Ausbildung in der Reiterstaffel gedient. Das ist auch der Grund, warum ich hier bin, Frau von Mauersbergen. Ich würde gern wieder mit dem Reiten anfangen. Maren sagte so schön, man verlernt es nicht, aber ich fürchte, ein paar Einrosterscheinungen habe ich schon."

Sie lachte und die Besitzerin des Reiterhofes stimmte

ein. „Da werden wir der Sache aber abhelfen", sagte sie schließlich. „Im Übrigen halten wir es hier nicht so förmlich. Karla", sagte sie und Kate nickte. „Gern, ich bin Kate."

Der Stadtrat ging mit seinem Pferd in dessen Box. „Ich werde es abreiben", meinte er, aber Maren lief schon zu ihm. „Lass nur, ich mache das, du hast doch bestimmt noch einen Termin."

Der Stadtrat drückte seiner Tochter einen Kuss auf die Wange. „Du bist ein Schatz. Bis heute Abend."

Inzwischen führte auch Karla von Mauersbergen ihr Pferd in die Box. „Ich bin gleich bei ihnen", sagte sie zu Kate, die nun mit Wallensteiner allein in der Stallgasse stand. Dieser sah sich kurz um. „Frau Schulz, ich bin kein Narr. Ich weiß, warum sie hier sind."

Kate sah ihn an. „Hat Herr Petersen sie angerufen?"

Wallensteiner machte eine Geste in der Luft. „Das ist doch völlig gleichgültig. Erst kommt die Polizei und will alles über Heiko Flott wissen und jetzt schnüffeln sie hier herum."

Kate trat so nahe an ihn heran das dieser einen Schritt zurückgehen musste. „Jetzt hören sie mir einmal zu, Herr Stadtrat. Ich bin hier, weil ich wieder reiten möchte, einzig und allein aus diesem Grund. Das sie auch hier sind, ist Zufall oder auch nicht. Ich verbitte mir ihre Anschuldigungen. Sie tun ja, als wäre ich eine Stalkerin, die sie hier auflauert."

Wenn Kate ihren FBI-Ton anschlug, wie Mike es nannte, war dies immer beeindruckend.

Auch Wallensteiner schluckte und starrte sie an.

„Ich...", sagte er und brach ab. Dann schien er sich wieder zu besinnen, wer er eigentlich war. „Die Polizei hat die Ermittlungen in diesem bedauerlichen Mordfall eingestellt, weil der Täter ermittelt wurde, auch wenn er sich mit einem Fenstersprung einer Verurteilung vielleicht entzogen hat, was ebenfalls sehr bedauerlich ist."

Kate sah ihn noch immer unverwandt an, bis er abbrach. „Ich weiß also noch immer nicht, was sie von mir wollen, Herr Stadtrat", sagte sie nach einer gefühlten Ewigkeit.

Dieser drehte sich auf dem Absatz seines Reitstiefels um und stampfte die Stallgasse hinunter in Richtung Tor. Karla von Mauersbergen trat gerade wieder aus ihrer Box und sah ihm erstaunt nach. Scheinbar fand sie es unhöflich, dass er Kate so einfach stehen gelassen und sich auch nicht von ihr verabschiedet hatte. Sie schüttelte wortlos den Kopf, dann wandte sie sich an Kate.

„Wir gehen jetzt hinüber in mein Büro, dort besprechen wir alles weitere bei einem Kaffee."

Als Kate zurück in ihrem Büro war, traf sie dort Chris und Steven an. Letzterer hatte seinen Laptop, von dem Chris einmal behauptet hatte, dieser wäre wie ein festes Organ an ihm verwachsen, vor sich auf den Tisch gestellt und hob kurz den Kopf. „Hi, Kate." Er wartete, bis diese sich gesetzt hatte. „Also, ich habe alles recherchiert, was du mir aufgetragen hast. Erst mal das Offizielle. Dieser Großbäckereifuzzi Petersen ist ein ziemlich undurchsichtiger Typ, hat BWL studiert und das auch abgeschlossen, aber eher mittelmäßig. Hatte bereits einige Firmen, es wurde ihm auch zwei Mal Insolvenzverschleppung und einmal Betrug vorgeworfen, aber dank eines guten Anwaltes kam er immer ungeschoren davon. Hier in Plauen ist er seit fünf Jahren ansässig und hat einige Bäckereien aufgekauft, man munkelt, nicht immer mit ganz sauberen Methoden. Eine Bäckerei, die im letzten Moment einen Rückzieher gemacht hat, hatte dann am Tag der Hygieneprüfung plötzlich Ratten und andere leckere Dinge in der Backstube und den angrenzenden Räumen."

Er unterbrach sich und trank einen Schluck Tee, den Chris ihm gebrüht hatte. „Privat ist er zwei Mal geschieden, hat einen Sohn, zu dem er aber nur sporadischen Kontakt hat. Sonst hat er wechselnde Beziehungen, die alle nicht sehr lange zu halten scheinen." Kate nickte. „Und Stadtrat Wallensteiner?"

„Tiptop Lebenslauf. Studium der Politikwissenschaften, Promotion, seit knapp achtzehn Jahren verheiratet, eine Tochter, einen Sohn."

Kate lächelte. „Da frage ich mich jetzt, warum hat er so reagiert, als er mich heute gesehen hat?"

Sie erzählte ihm und Chris von ihrer Begegnung mit Wallensteiner bei Karla von Mauersbergen. Chris sah sie an. „Kennen er und Petersen sich?"

Kate nickte. „Sie spielen zusammen im Golfclub, das hat jedenfalls Petersen gesagt, aber kennen wäre zu viel gesagt."

Steven nickte nur. „So, jetzt zur Nachbarin von Heiko Flott, dieser Larissa Beer. Sie war wirklich zur angegebenen Zeit in Berlin, das konnte ich verifizieren. Politisch eher links orientiert, hatte sie lediglich mal eine Anzeige wegen Teilnahme an einer nicht genehmigten Demonstration. Wurde aber eingestellt. Dann Mirko Moderigs Nachbar, dieser Klaus Heidrich. Rentner, war vor seiner Pensionierung bei der Bahn beschäftigt. Geschieden, zwei Kinder zu denen er offensichtlich wenig Kontakt hat."

Dann lehnte sich Steven zurück und schmunzelte. „Sooo", sagte er gedehnt. „Das waren die offiziellen Recherchen, die mit Sicherheit die Polizei auch schon angestellt hat. Jemand an den inoffiziellen Dingen interessiert?"

Kate zog die Augenbrauen nach oben und Steven lachte. „Ja, ja, Chefin, schon klar."

Er drehte den Laptop zu ihr um und zeigte ihr einige seiner Recherchen.

Plötzlich sog sie heftig die Luft ein. „Wow", war das Einzige, was sie herausbekam. „Wie hast du diese Verbindung hergestellt?"

Steven schüttelte den Kopf. „Das willst du nicht wissen und jetzt schau dir noch das an."

Danach war Schweigen in dem Raum. Schließlich erhob sich Kate und ging auf und ab. „Das Material können wir nicht verwenden ohne dich…" Sie deutete auf Steven und brach ab.

Dieser nickte. „Und sogar, wenn ich meine Quelle nennen würde, was ich prinzipiell nicht tue, könnte ein Staatsanwalt sie auch nicht verwenden. Die Beschaffung dieser Beweise war und ist illegal."

Kate setzte ihre Wanderung durch den Raum fort. Dann blieb sie stehen und sah von Chris zu Steven.

„Ich habe eine Idee. Sie ist ein wenig verrückt und es kann auch nicht klappen, aber es wäre die einzige Möglichkeit."

Steven sah zu ihr auf. „Ein wenig verrückt? Das kann ich mir bei dir so gar nicht vorstellen."

Alle drei lachten.

Kapitel 10

Der Mann lächelte, als er die Tür öffnete. „Hallo",
sagte er leise und deutete nach innen. „Wo hast du
geparkt?"
Sein Gast lächelte zurück. „Wie du gesagt hast, auf
dem Neustadtplatz. So ein Spaziergang macht mir
nichts aus."
Der Mann ging voraus in das kleine Wohnzimmer.
Dort stand eine riesige schwarze Ledercouch, davor
ein niedriger Rauchglastisch, bestückt mit einem
Sektkühler.
„Setz dich doch", sagte der Mann und hob die Flasche aus dem Kühler. Es war eine Flasche Champagner und nicht einmal der billigste. „Was hast du deiner Frau gesagt? Sie ist im Übrigen sehr attraktiv."
Der junge Mann lächelte. „Danke. Deshalb habe ich
sie ja auch unter anderem geheiratet. Macht sich im
Business immer gut, eine attraktive Frau an seiner
Seite zu haben. Sie weiß, dass ich oft lange zu tun
habe, also, misstrauisch ist sie keinesfalls. Ich komme
ja auch nicht mit Lippenstiftflecken auf dem Hemd-
kragen und einer süßlichen Parfümwolke nach
Hause"
Der Mann lachte. „Oh ja, wem sagst du das."
Er nahm den Champagner, goss ihn in die Gläser
und reichte seinem Gast eines. „Auf unsere ahnungs-
losen Frauen."
Sie prosteten sich zu. Dann sagte der Mann, während
er sich neben seinen Gast setzte: „Ich war gleich von

dir beeindruckt, aber du verstehst, ich musste vorsichtig sein."

Sein Gast nickte. „Natürlich. Hast du Erkundigungen über mich eingezogen?", fragte er mit einem besorgten Ton. „Ich hoffe, diskret?"

Der Mann schüttelte den Kopf. „Absolut. Glaubst du, ich gehe daher und frage deine Nachbarn? Aber ich hab eine ziemliche Enttäuschung hinter mir, das hätte ins Auge gehen können. Darum bin ich so vorsichtig."

Sein Gast lächelte verständnisvoll. „Das hast du bei mir nicht zu befürchten. Wenn jemand aus meiner Branche das hier erfahren würde…" Er holte tief Luft und winkte ab. „Das wäre mein Karrieretod."

Der Mann legte seine Hand auf dessen Oberschenkel, sehr weit oben, fast schon am Schritt. „Entspanne dich, das wird nicht passieren."

Er prostete ihm zu und strich dann mit der Hand zärtlich das Bein entlang. „Wollen wir es uns noch etwas bequemer machen?"

Er drückte auf eine Fernbedienung und leiser Jazz durchflutete den Raum. Zeitgleich wurde das Licht gedimmt und aus dem Couch wurde eine große Liegefläche.

Sein Gast stellte das Champagnerglas ab, drückte zärtlich die Hand, die auf seinem Oberschenkel lag und wies mit dem Kopf in Richtung Tür. „Ist dort das Bad? Ich würde mich gern vorher noch etwas frisch machen."

Der Mann nickte. „Ja, die Tür neben der Eingangstür."

Sein Gast ging mit einem letzten Lächeln in seine Richtung hinaus. Der Mann atmete tief durch.

Sein Gast war genau sein Typ. Blond, gutaussehend, durchtrainiert. Bei ihrer ersten Begegnung wäre er nicht spontan auf die Idee gekommen, dass der junge Mann auch homosexuell oder zumindest bisexuell sein könnte, aber dann hatte er die Blicke, die er ihm zuwarf, richtig gedeutet.

Natürlich war er vorsichtig gewesen, aber seine Befürchtungen hatten sich schnell aufgelöst. Vielleicht war es wirklich nicht klug, jetzt wieder einen Treff zu vereinbaren, aber er brauchte dringend etwas zum Stressabbau und genau dies versprach der heutige Abend.

Die Tür ging wieder auf und sein Gast trat ein. Er hielt sein Hemd in der Hand und hängte es lässig über einen Stuhl. Der Mann betrachtete den tadellosen Oberkörper des jungen Mannes, absolut durchtrainiert, kein Gramm Fett zu viel.

Er schluckte unwillkürlich als er die blauen Augen direkt auf sich gerichtet sah. Er griff an seinen obersten Hemdknopf und wollte ihn gerade öffnen, als das Smartphone seines Gastes in dessen Hosentasche vibrierte.

„Sorry", sagte der und sah runzelnd auf die Nummer. „Ja, Schatz. Ich habe dir doch gesagt das ich noch ein wichtiges Meeting habe." Er rollte die Augen. „Ja, auch so spät noch, ich kann…Was?"
Hektisch sah er sich um, rannte zum Fenster und

spähte durch den dichten Vorhang.

Der Mann hatte sich ebenfalls erhoben und sah auch hinaus. Unten auf der Straße stand eine junge Frau und starrte zu ihnen herauf.

Sein Gast sah ihn aufgeregt an. „Was jetzt?", fragte er leise, nachdem er das Smartphone mit der Hand abgedeckt hatte. Die Panik war ihm im Gesicht abzulesen.

Der Mann atmete tief ein. Das war Mist, ganz großer Mist. „Zieh dich an und hole sie hoch. Leise. Keinen Streit im Haus. Wir erzählen ihr eine Geschichte, lass mich reden. Vor allem, sie muss ein Glas Champagner trinken, okay?"

Sein Gast nickte. Dann führte er das Smartphon wieder an sein Ohr. „Schatz, ja, warte, ich komme runter. Was? Nein, nein, das ist ein Missverständnis."

Er knöpfte schnell sein Hemd zu und rannte aus der Wohnung.

Der Mann fuhr sich kurz durch sein dichtes Haar und schüttelte den Kopf. Das konnte wohl nicht wahr sein, war diese Schnepfe ihrem Mann gefolgt? Verdammt, damit hatte er überhaupt nicht gerechnet. Er hatte sie wirklich für ein kleines, hübsches Dummchen gehalten. Er musste nur die Nerven behalten und handeln.

Schnellstens stellte er die Couch wieder in ihre Ausgangsposition, dimmte das Licht hell und schaltete die Musik aus. Dann füllte er ein drittes Glas mit Champagner und ging zum Schrank. Dort nahm er eine kleine Flasche heraus und kippte einige Tropfen in das Glas und nach einem kurzen Zögern die doppelte Dosis hinterher. Ganz gleich was jetzt geschah, er hatte seinen Gast in der Hand. Er würde sich wegen dieser Schnepfe nicht sein Leben kaputt machen lassen. Schließlich nahm er wahllos einige Schriftstücke aus dem Schubfach und legte sie quer über den Tisch. Einen Kugelschreiber warf er darauf.

Plötzlich hörte er leise Stimmen und stellte das Champagnerglas an die rechte Ecke des Tisches.

Als sein Gast mit seiner Frau den Raum betrat, ging er auf diese zu und streckte ihr die Hand entgegen.

„Meine Liebe, ihnen muss das alles wie ein schreckliches Missverständnis erscheinen. Aber ihr Mann und ich." Er schüttelte lächelnd den Kopf. „Wir haben ein Geschäft abgeschlossen, bei dem für uns beide, nun ja, ein hübsches Sümmchen herausspringt."

Er deutete auf die Schriftstücke. „Zur Feier des Tages haben wir mit Champagner angestoßen und dieses Glas hat genau auf sie gewartet."

Er reichte der jungen Frau das Glas, die es verdutzt anschaute.

„Aber warum hier?", fragte sie irritiert und sah die beiden Männer abwechselnd an.

Der Mann lächelte gewinnend und zwinkerte leicht.

„Weil von diesem Geschäft nicht jeder etwas erfahren muss."

Scheinbar noch immer zweifelnd drehte die junge Frau das Glas am Stil in der Hand. Dann sah sie ihren Mann an. „Und warum ist dann dein Hemd falsch zugeknöpft?", fragte sie bissig.

Dieser sah an sich herunter. „Ähm, es musste heute schnell gehen…"

„Nein", fuhr sie dazwischen. „Als du heute früh gegangen bist, war das Hemd richtig zugeknöpft." Sie wandte sich um und sah den Mann hinter ihr eindringlich an. „Wollen sie etwas von meinem Mann, sind sie schwul?"

Dieser hielt für eine Sekunde die Luft an und schüttelte dann mit entrüsteter Miene den Kopf. „Also ich bitte sie, ich bin ein verheirateter Mann."

Sein Gast warf ihm einen Blick zu, der ihm andeutete, ihn kurz mit seiner Frau allein zulassen. „Wenn sie mich eine Weile entschuldigen." Er lächelte und sah auf das Glas der jungen Frau. „Sie sollten ihn nicht warm werden lassen."

Mit einem grimmigen Blick auf ihn, setzte sie das Glas an die Lippen. Als der Mann ins Bad ging, hörte er einen leisen Streit und schließlich die laute Stimme seines Gastes. „Jetzt trink den verdammten Champagner endlich aus. Es ist ja peinlich, wie du dich benimmst. Du hast mir ein top Geschäft versaut, aber bitte. Dann gehen wir eben."

Als der Mann zurück in das Wohnzimmer kam, schwankte die Frau leicht mit dem Glas in der Hand. Schnell sprang er herbei und geleitete sie galant zur Couch. „Sie sollten sich setzen, meine Liebe. Vielleicht haben sie zu schnell getrunken?"

Sie schaute auf das leere Glas in ihrer Hand und nickte. „Vielleicht", nuschelte sie und fiel nach hinten auf das schwarze Leder.

Ihr Mann beugte sich zu ihr hinunter. Alarmiert sah er den Mann an. „Waren das k.o. Tropfen?"

Der Mann nickte. „Lass sie, morgen erinnert sie sich mit Sicherheit an nichts und das ist auch besser so. Wie konnte das passieren?"

Sein Gast strich sich hektisch über die Stirn. „Was weiß denn ich. Es war nichts was sie misstrauisch gemacht haben könnte."

Der Mann sah ihn lauernd an. „Hast du irgendjemand etwas erzählt, etwas aufgeschrieben?"

Sein Gast schüttelte energisch den Kopf. „Ich bin doch nicht verrückt. Ich bin heute allein hierhergekommen, sie kann mir nur gefolgt sein."

Plötzlich hielt er inne und beugte sich über die regungslose Gestalt. „Sie atmet ja kaum noch", rief er und legte sein Ohr an den Mund der jungen Frau. „Was hast du gemacht? Bist du wahnsinnig?"

Der Mann zuckte die Schultern. „Beruhige dich. Niemand wird dich damit in Verbindung bringen. Wir setzen sie in dein Auto und schieben es in einen Seitengraben. Jeder wird denken, sie ist von der Straße abgekommen und im Auto erfroren. Soll ja kalt heute Nacht werden."

Sein Gast starrte ihn an, als sei er völlig übergeschnappt. „Du willst meine Frau umbringen?", stammelte er und der Mann grinste. „Wir, mein Lieber, wir. Du hängst hier genauso wie ich mit drin."

Sein Gast zerrte sein Smartphon aus der Hosentasche. „Ich rufe die Rettung, ich…" Er beugte sich wieder zu seiner Frau und legte ihr die Finger an die Halsschlagader.

Der Mann sah sich hektisch um. Jetzt lief die Sache völlig aus dem Ruder. Er durfte nicht anrufen. Mit einem Satz war er bei seinem Golfbag, das in der Ecke stand und nahm ein Eisen heraus. Mit einem Schwung riss er es nach oben.

Das Eisen sauste in dem Moment herab, als sich sein Gast mit seiner Frau über die Couchlehne schwang. Verdutzt sah der Mann, wie der Schläger auf die Couchlehne prallte und ein Stück der Lederbespannung zerriss. Plötzlich spürte er hinter sich etwas und ehe er reagieren konnte, umklammerten ihn zwei Arme wie eine Zange.

„Fallen lassen", brüllte eine Stimme mit hörbarem Akzent. Einem amerikanischen Akzent.

Dann flammte überall Licht auf, während der Golfschläger zu Boden fiel. Verdutzt sah der Mann, das sein Gast seiner erstaunlich munteren Frau auf die Beine half.

Schließlich trat eine Frau mit dunkelblonden, halblangen Haaren in das Wohnzimmer und deutete dem Hünen, der ihn umklammert hielt, ihn loszulassen.

„Danke, Matt", sagte sie und hob den Schläger vom Fußboden auf. „Den brauchen wir wohl jetzt nicht mehr, Herr Stadtrat Wallensteiner, oder?"

Mit einem Lächeln steckte sie ihn zurück in das Golfbag. „Im Übrigen, wir haben eine wunderbare Aufzeichnung von ihrem Tun. Wenn sie uns jetzt bitte zur Polizei begleiten würden?"

Der Stadtrat starrte sie an. „Frau Schulz?", murmelte

er ungläubig und sie verbeugte sich leicht in seine Richtung. Dann wandte sie sich um, blieb aber im Türrahmen stehen.

„Und ziehen sie sich einen Mantel an, Herr Stadtrat. Es soll ja kalt heute Nacht werden."

Staatsanwalt Gebhardt sah Kate mit einem eindringlichen Blick an. „Frau Schulz, könnten sie uns bitte erläutern, wie sie Herrn Wallensteiner überführt haben?"

Die Angesprochene lehnte sich in dem Stuhl zurück. Sie saß, gemeinsam mit Staatsanwalt Gebhardt, Mike, Marianne Jäger und Karsten Windisch im Konferenzraum des Präsidiums, in das Kate gemeinsam mit ihrem Mitarbeiter Matthew „Matt" Fisher Stadtrat Wallensteiner gebracht hatten. Noch in der Nacht war er geständig gewesen, wohl auch auf Anraten seines Anwaltes hin, der sehr wohl den Ernst der Lage erkannt und seinem Mandanten zur Kooperation geraten hatte.

„Ich hatte einen alten Chief als junge FBI-Anwärterin. Er sagte uns immer, wenn wir Klarheit über eine Täterschaft wollen, müssen wir den, von dem wir glauben, dass er der wirklich Schuldige ist, einfach ausklammern und alle anderen am Fall beteiligten gründlich beleuchten." Sie unterbrach sich kurz, um einen Schluck Mineralwasser zu nehmen.

Mike konnte sich nur mühsam ein Grinsen verkneifen. Er wusste sehr wohl, warum Kate jetzt die FBI-Karte ausspielte.

Kate stellte ihr Glas zurück und sah hinüber zu Marianne Jäger. „Trotz der scheinbar offensichtlichen Schuld von Mirko Moderig hatte Frau Kommissarin Jäger einen letzten Zweifel. Wir sprachen darüber und ich verwendete mit ihr zusammen diese Methode. Wenn Moderig nicht schuldig ist, wer dann und warum? Am Ende blieben nur zwei Personen übrig. Klaus Petersen, der Chef von Backglück und Stadtrat Karl-Friedrich Wallensteiner. Petersen und Wallensteiner haben ziemlich krumme Geschäfte miteinander gemacht, das wird das Wirtschaftsdezernat noch eine Weile beschäftigen. Aber uns ging es ja darum, den Mord an Heiko Flott und Sandy Wieland zu beweisen. Letztendlich hatte der Stadtrat schließlich das beste Motiv."

„Weil er homo- und vielleicht bisexuell ist? Ich bitte sie, Frau Schulz, aber das wäre doch kein Grund zwei Menschen zu töten. Es wäre vielleicht sein politisches Aus gewesen, mehr aber nicht", fiel ihr der Staatsanwalt ins Wort.

Kate lächelte ihn an. „Sehen sie, Herr Doktor Gebhardt und genau diese Reaktion hätten wir bei ihnen hervorgerufen, wenn wir eher zu ihnen gekommen wären. Und wissen sie was? Sie haben recht damit."

Verwirrt sah der Staatsanwalt sie an. „Wie meinen sie das?"

Kate sah hinüber zu Marianne Jäger, die eine Akte auf den Tisch legte und zu Doktor Gebhardt hinüberschob. „Ein Cold Case. Vor zwanzig Jahren wurde ein junger Mann, Kevin Krause, ermordet. Da er Drogenkonsument war und auch dealte, wurde von einem Verbrechen in der Drogenszene ausgegangen, die es wohl wie ein Sexualdelikt aussehen lassen wollten. Es war bekannt, das Krause auch gelegentlich anschaffen ging. In dieser Akte tauchte damals ein Name auf. Heiko Flott, er war mit diesem Krause

146

befreundet. Man hat ihn lediglich als Zeuge befragt, da er ihn am letzten Abend vor seinem Tod noch gesehen hatte. Der Fall wurde nie geklärt, bis heute."

Der Staatsanwalt hatte kurz in der Akte geblättert. Dann sah er von Kate zu Marianne Jäger.

Kate holte tief Luft. „Warum hat der Stadtrat Heiko Flott so bereitwillig diesen großen Kredit besorgt und sogar dafür gebürgt? Sein Gefasel der Unterstützung von Start Ups war doch völliger Blödsinn. Heiko Flott hatte ihn mit etwas in der Hand. Er wusste, wer damals Kevin Krause umgebracht hat. Karl-Friedrich Wallensteiner, damals ein popeliger Angestellter, jetzt Stadtrat und Kandidat für die Oberbürgermeisterwahl."

Der Staatsanwalt schob die Akte etwas von sich und lehnte sich zurück. „Also hat er ihn erpresst?"

Kate nickte. „Wallensteiner hatte wohl gehofft, sich damit loskaufen zu können, aber so war es nicht. Heiko Flott hatte bald die Nase voll von dieser Bäckergeschichte. Zwar hat sein Geselle Mirko Moderig den ganzen Laden geschmissen, aber als ihm dieser zu eng in der Beziehung wurde und auch noch Sandy Wieland von ihm schwanger war, wollte er weg. Er hat Wallensteiners Verbindung zu Petersen genutzt, um die Firma an den zu verkaufen. Von dem Geld wollte er wieder seine Weltreisen antreten, aber dieses Mal mit etwas mehr Niveau."

Doktor Gebhardt nickte verstehend. „Wallensteiner wäre damit auf dem gesamten Kredit sitzen geblieben?"

147

Kate lächelte. „Ja und außerdem war auch er einer von Heiko Flotts Sexualpartnern. Als er erfuhr, dass dieser ihn endgültig verlassen und mit einem Haufen Schulden sitzen lassen wollte, ist er durchgedreht. Es kam zum Streit und er hat ihn in seiner Wohnung erschlagen. Dann hat er den Leichnam mit dem Auto samt der Campingausrüstung in den Wald gebracht. Da er wusste, dass Flott schon zwei Suizidversuche unternommen hatte, täuschte er einen dritten vor, was ihm ja auch fast gelungen wäre. Sicherheitshalber hat er aber den Baseballschläger in Mirko Moderigs Keller versteckt. Heiko Flott hatte einen Schlüssel zu dessen Wohnung, die hat er an sich genommen."
Alle Anwesenden, außer Marianne Jäger, starrten Kate an. Schließlich fragte der Staatsanwalt: „Und Sandy Wieland?"
„Sie wusste oder ahnte zumindest etwas. Also hat sie, aufgrund der Schwangerschaft und der bevorstehenden Geschäftsschließung vor dem finanziellen Aus stehend, Wallensteiner erpresst. Daraufhin musste auch sie sterben. Alle Indizien hatte er aber geschickt in Mirko Moderigs Richtung gelenkt. Das hat ja auch fast geklappt."
Karsten Windisch beugte sich etwas über den Tisch. „Was ich aber nicht verstehe, warum hat Wallensteiner die Stollen vergiftet, das macht doch gar keinen Sinn?"
Kate lächelte jetzt in seine Richtung. „Da hast du recht, es machte keinen Sinn. Er war es auch nicht." Sie sah Marianne Jäger an. Diese schob ihm ein

Schriftstück hin.

„Omar hat auf unsere Bitte noch einige spezielle Tests gemacht. Sandy Wieland hatte eindeutig Kontakt mit Cyanid. Sie hat die Stollen vergiftet", erläuterte Kate und deutete mit dem Kopf in die Richtung des Papiers.

Staatsanwalt Gebhardt faltete die Hände zusammen und legte sie vor sich auf die Tischplatte. Ratlos sah er von Kate zu Marianne Jäger. „Also das verstehe ich jetzt gar nicht mehr."

„Sie hat erfahren, dass Heiko Flott die Firma an diese Großbäckerei verkaufen will", fuhr die Kommissarin fort. „Ihre Leidenschaft war diese Bäckerei mit seinen Naturprodukten. Diese an eine Großbäckerei mit Fertigbacklingen zu verlieren war ein Alptraum für sie. Also vergiftete sie die Stollen, um den Wert des Unternehmens so zu mindern, dass es als rufgeschädigt für eine Großbäckerei nicht mehr attraktiv wäre."

Der Staatsanwalt lehnte sich zurück und sah wieder von Kate zu Marianne Jäger. „Aber warum sind sie auf diese Wieland gekommen?"

Marianne Jäger lächelte bescheiden. „Recherche, Herr Staatsanwalt. Sandy Wieland war in ihrem vorherigen Beruf PTA. Sie kannte sich also mit Giften und deren Wirkung aus."

Der Staatsanwalt nickte langsam, dann sah er wieder Kate an. „Um auf meine eigentliche Frage zurückzukommen, wie haben sie Wallensteiner überführt?"

Diese grinste etwas. „Mit seiner Schwäche für blonde, gutaussehende Männer. Und ein solcher ist mein

149

Mitarbeiter Steven Neubauer."

Sie unterbrach sich, weil Karsten Windisch leise kicherte. Als sie zu ihm hinsah, hob er die Hand.

„Sorry, aber das war ja mal eine ganz andere Hausnummer für den Computernerd."

Kate zuckte nur die Schultern. „Ich denke, er hat das wirklich souverän hinbekommen. Jedenfalls hat er sich und seine Ehefrau." Hier malte sie Gänsefüßchen in die Luft. „Für diese Rolle hat sich seine Partnerin und meine ehemalige Mitarbeiterin Annalena Heimat bereit erklärt mitzuwirken, eine völlig neue Identität erschaffen. Dann waren sie bei dem Herrn Stadtrat vorstellig und Steven alias Patrick Laub hat heftig mit ihm geflirtet."

Sie warf Karsten einen warnenden Blick zu, der bereits wieder die Wangen aufblies.

„Zu unserem Glück ging Wallensteiner darauf ein. Er verabredete sich mit dem vermeintlichen Patrick in seinem angemieteten Liebesnest in der Hammerstraße. Bevor die beiden, nun ja… hier war einfach Timing gefragt. Also, Patricks Ehefrau tauchte auf und machte eine Szene, Wallensteiner schüttete ihr Cyanid in den Champagner und sie wurde ob der großen Dosis bewusstlos. Natürlich hatte Abby den Champagner nicht getrunken, sondern in ein mitgebrachtes steriles Glas gegossen. Laut deiner Analyse…" Sie nickte Karsten Windisch zu, der fortfuhr: „Eine absolut tödliche Dosis. Hätte sie das getrunken, ihre Chance zu überleben wäre gleich Null gewesen."

„Nun gut, also die junge Frau liegt scheinbar im

Koma, Wallensteiner schlägt Patrick vor, diese mittels eines simulierten Autounfalls erfrieren zu lassen. Als dieser entsetzt ablehnt und alles aufzufliegen droht, schnappt sich Wallensteiner ein Eisen aus seinem Golfbag und will zuschlagen."

Kate sah den Staatsanwalt an, der sprachlos an ihren Lippen regelrecht zu kleben schien.

„Was er nicht wusste, der Herr Stadtrat, dass einmal Steven in dem Raum eine kleine Kamera versteckt hatte, die uns hochauflösende Bilder sandte, zum anderen war Steven mit einem fast unsichtbaren Kopfhörer ausgestattet. So konnten wir uns vor dem Angriff rechtzeitig warnen."

„Aber wo waren sie denn?" Jetzt schien Staatsanwalt Gebhardt seine Sprache wiedergefunden zu haben.

„In der Küche. Steven hatte die Vorsaaltür so präpariert, dass wir ungesehen eintreten und uns verstecken konnten. Als Wallensteiner in dem Glauben, Patrick sei mit seiner bewusstlosen Ehefrau beschäftigt, zuschlagen wollte, hatten wir Steven schon gewarnt und er ließ sich mit Abby hinter die Couch fallen. Inzwischen hatte mein Mitarbeiter, ein ehemaliger Marine, Wallensteiner überwältigt. Das war es."

Sie breitete die Hände vor sich aus und lächelte.

Staatsanwalt Doktor Gebhard erhob sich. Er ging zweimal im Raum auf und ab, dann blieb er vor Kate stehen und sah sie eindringlich an. „Auch wenn ich ihre Methode, die wirklich nicht gerade ungefährlich war, nicht für gutheißen kann."

Er machte eine längere Pause, ohne seinen Blick von

Kate zu wenden, die diesem aber mit relativ entspannter Körperhaltung standhielt. „Chapeau, Frau Schulz. Sie haben damit vielleicht einen Justizirrtum verhindert, an dem ich nicht ganz unschuldig war. Ich hätte nicht so schnell darauf dringen dürfen, diesen Fall abzuschließen."

Dann wandte er sich an Marianne. „Kommissarin Jäger, ich bedauere, nicht auf ihre Bedenken eingegangen zu sein und es war gerechtfertigt, dass sie sich an Frau Schulz gewandt haben."

Dann nickte er allen Anwesenden zu. „Danke. Ich wünsche ihnen noch einen schönen Tag."

Kate sah ihm nach und beugte sich zu Mike. „Er mag ja ein kleiner, arroganter Fatzke sein, aber er hat die Größe eine Niederlage einzugestehen. Respekt, das macht ihn gleich viel sympathischer."

Mike musste ein Lachen unterdrücken und sah dann Kate mit gespielt grimmiger Miene an. „Muss ich mir Gedanken machen?", fragte er mit tiefer Stimme und Kate versetzte ihm einen kleinen Knuff auf den Oberarm.

Kapitel 11

Es waren noch drei Tage bis Weihnachten. Kate ver-
lud gerade mehrere große Geschenktüten in ihren
Wagen, als ihr Nachbar Ernst Winter an den Garten-
zaun trat. Er winkte sie heran und Kate schloss die
Klappe ihres Autos. „Katherina, ich fahre morgen
noch einmal in den Geflügelhof und hole dort unsere
Gans ab. Soll ich etwas mitbringen?"
Kate lächelte den alten Herrn an. „Danke, Herr Winter, aber in diesem Jahr sind wir nur zu zweit. Mikes
Mutter ist bei ihrer Tochter in Holland und meine
Verwandten aus Israel kommen auch nicht, immerhin waren sie ja erst zu unserer Hochzeit da."
Ernst Winter sah sie eindringlich an. „Da kommen sie
selbstverständlich am ersten Weihnachtstag zu uns",
sagte er bestimmt, in einem Tonfall, der keine Ableh-
nung duldete. Als Kate schon den Mund öffnete,
lehnte er sich über den Zaun ganz nahe an sie heran.
„Tun sie einem alten Mann die Liebe. Sonst müssen
wir mindestens zwei Tage an diesem Vogel essen,
den schaffen wir doch nie und nimmer zu zweit."
Kate lachte. „Also gut, aber nur, wenn sie am zweiten
Weihnachtstag mit Frau König zu uns kommen."
Sie sah ihrem Nachbarn überdeutlich an was er
dachte. Immerhin war auch ihm bekannt, das Kate
vieles konnte. Kochen gehörte definitiv nicht dazu.
„Ich bestelle etwas", ergänzte sie und er runzelte die
Stirn. „Kindchen, ein kleines Kalbsfilet mit ein paar
glasierten Bohnen bereite ich ruckzuck vor und sie

kochen die Kartoffeln, in Ordnung?"
Verschwörerisch zwinkerte er ihr zu, sodass Kate nur
noch unter Lachen nicken konnte. „Aber Mike hat
über Weihnachten Bereitschaft, es könnte also
sein…"
Ernst Winter schüttelte den Kopf. „Kein Thema, das
lässt sich alles prima warmhalten und im Notfall sitzen wir halt zu dritt." Er winkte ihr zu und verschwand mit schnellen Schritten in Richtung Haus.
Mit Sicherheit hatte er schon die ersten Rezeptideen
im Kopf.
Lächelnd sah Kate ihm nach. Im vergangenen Jahr
hatte er ein wundervolles Weihnachtsdiner für ihre
gesamte Familie gezaubert, da würde er in diesem
Jahr mit nur vier Leuten geradezu unterfordert sein.
Immer noch lächelnd stieg sie in ihren Wagen und
fuhr als erstes in Richtung Klinikum.
Vergangene Woche war Mirko Moderig aus dem
Koma erwacht und zum Erstaunen der behandelnden
Ärzte ohne scheinbare bleibende Schädigungen.
Man hatte ihn inzwischen auf eine normale Station
verlegt und Kate hatte sich heute entschlossen ihn zu
besuchen. Mit einem Geschenkbeutel bewaffnet, stieg
sie die Treppen hinauf zu der Station, die man ihr am
Empfang genannt hatte. Erstaunt schaute sie auf das
Schild *Privatstation*. Als sie eintrat, kam ihr eine
Schwester mit einem breiten Lächeln entgegen.
„Schwester Elke, was machen sie denn hier?", fragte
sie erstaunt. Elke Wildner war vor einiger Zeit des
Mordes beschuldigt worden an einer Frau, die man

tot im Lutherplatz auf einer Parkbank aufgefunden hatte. Elke konnte sich an nichts erinnern und war blutüberströmt in der Notaufnahme aufgetaucht.

Es war am Ende Kate zu verdanken, dass man den wahren Täter überführt und Elke zu einhundert Prozent entlastet hatte.

„Doktor Feigler war der Meinung, ich würde Mirko gut tun. Schließlich weiß ich wie es ist, unschuldig verdächtigt zu werden. Da bei uns schon die Feiertagsentlassungen begonnen haben, sind wir personell gut aufgestellt und die Kollegen hier haben sich über die Unterstützung gefreut." Sie deutete auf eine Zimmertür. „Hier liegt Mirko." Kate sah sich auf dem Stationsflur um. „Privatstation?", fragte sie und Schwester Elke lächelte. „Das hat alles Professor Amri organisiert. Er hat zwar etwas von Staatsanwaltschaft und so gesagt, aber es war seine Idee." Kate nickte.

Schwester Elke trat neben sie und klopfte an die Tür. Auf ein leises „Herein" ging sie hinein.

„Hallo, Mirko. Schau mal wen ich dir mitgebracht habe." Sie deutete auf Kate. „Das ist Frau Schulz." Dann lächelte sie diese an. „Ich lasse euch dann mal allein." Damit zog sie die Tür hinter sich zu. Kate sah sich schnell in dem hohen, hellen Zimmer um, das so wenig an ein übliches Krankenhauszimmer erinnerte. Lediglich der junge Mann in dem hellen Holzbett deutete darauf hin. Das rechte Bein hing in einem Fixateur, der linke Arm war eingegipst. Er trug eine Halskrause und das Gesicht sah reichlich lädiert aus.

„Hallo Mirko." Sie stellte den bunt bedruckten Beutel auf seinen Nachttisch. „In drei Tagen ist Weihnachten und ich dachte, wenn sie schon das Fest hier verbringen müssen, sind sie über etwas Lesefutter und ein paar Süßigkeiten nicht böse. Obwohl, mögen Bäcker eigentlich Süßes?"

Der junge Mann starrte sie verdutzt an, dann brach er in Lachen aus, das abrupt in einem Aufkeuchen endete. Er griff sich mit der rechten Hand an die Rippen. „Oje, ich vergesse immer das ich nicht lachen sollte." Dann nickte er in Richtung eines Stuhls. „Setzen sie sich bitte, Frau Schulz. Elke hat nicht übertrieben, sie sind wirklich einzigartig. Jeder, der hier hereinkommt, sagt: *Oh, wird das wieder* oder *Wie geht es dir denn*, aber sie fragen mich, ob ein Bäcker gern Süßes isst." Kate grinste ihn an und zuckte die Schultern. „Naja, ich dachte mir, Mitleid haben sie mit Sicherheit schon in übergroßen Portionen bekommen, da muss ich mich nicht anschließen."

Er nickte und wurde ernst. „Ich wollte mich bei ihnen bedanken, eigentlich schon per Anruf, aber." Er brach kurz ab. „Es ist besser, wenn sie da sind", ergänzte er. Kate winkte ab. „Es war Kommissarin Jäger die zu mir kam. Sie hatte, wie sich zeigte berechtigt, Zweifel an ihrer Täterschaft. Also haben wir den Fall neu aufgerollt. Ich muss ihnen sagen, sie macht sich Vorwürfe nicht schon eher vehement Einspruch erhoben zu haben, dann wäre das hier nicht passiert."

Kate deutete auf sein Bein und den Arm.

Mirko Moderig schüttelte den Kopf, um im gleichen

Moment innezuhalten und tief Luft zu holen. „Oh je, ich vergesse immer noch, dass ich ziemlich ramponiert bin." Dann sah er Kate fest an. „Bitte sagen sie Frau Jäger, dass sie sich deswegen keine Vorwürfe machen darf. Ich hatte einen Blackout. Erst die Sache mit Heiko und dann mit Sandy und das sie noch schwanger von Heiko war, das war zu viel für mich, ich wollte nicht mehr leben. Ich sah einfach nur dieses offene Fenster und bin gesprungen."

Tränen schossen aus seinen Augen und Kate schluckte. Was sollte sie jetzt tun? Spontan stand sie auf und setzte sich an die Bettkante zu Mirko. Sie nahm seine gesunde Hand und drückte sie. Er schluchzte ein paar Mal auf, dann sah er sie an. „Danke", flüsterte er und sie nickte. „Geht es wieder?", fragte sie leise und er lächelte unter Tränen. „Ja." Sie setzte sich wieder zurück auf ihren Stuhl. Es schoss ihr durch den Kopf das ihr ehemaliger Partner Ben jetzt stolz auf sie gewesen wäre. In all den Jahren ihrer Zusammenarbeit war er immer der emotionale Teil ihres Teams gewesen, der gut trösten und zuhören konnte. Er war auch immer der Part des „guten Bullen" gewesen, wie Kate es lachend genannt hatte. In Verhören konnte er meist auch die abgefeimtesten Verbrecher dazu bringen, ihm alles anzuvertrauen, wie einem guten Freund. Jetzt sah sie wieder zu Mirko hin, der die Zeit genutzt hatte, sich die Nase zu putzen und die Augen abzuwischen.

„Wissen sie, Frau Schulz, hier hatte ich Zeit über alles nachzudenken. Ich weiß jetzt, dass Heiko ein gewissenloser Schuft war, der mit mir, mit Sandy und wer weiß mit wem alles gespielt hat. Aber den Tod hat er deswegen nicht verdient."

Kate nickte. „Ja, da haben sie recht. Aber wie geht es jetzt mit ihnen weiter?"

Ein kurzes Strahlen ging über sein Gesicht. „Gestern war Rico Wagner hier, der Chef der Bäckerei Müller. Er übernimmt unser gesamtes Team und mich auch. Er hat mir sogar schon einen Arbeitsvertrag gegeben, zu wirklich sehr guten Konditionen." Er deutete auf sein Bein. „Ich wollte erst noch gar nicht unterschreiben, weil niemand sagen kann, ob ich das Bein wieder zu 100% belasten kann, aber er hat gesagt, ich soll schließlich mit den Händen und meinem Kopf und meinem Herz backen und nicht mit dem Bein."

Kate lachte leise. „Na, wo er recht hat, hat er recht." Sie war froh, dass Mirko dieses Angebot erhalten hatte. Das sicherte zumindest erst einmal seinen beruflichen Neueinstieg und tat seiner Psyche sicher gut. Sie plauderten noch eine Weile über dies und das und Kate war froh, dass sie den jungen Mann damit scheinbar ein bisschen ablenken konnte.

Schließlich steckte Schwester Elke den Kopf zur Tür herein. „Mirko muss noch einmal ins Röntgen", sagte sie entschuldigend, aber Kate erhob sich umgehend. „Ich wollte sowieso gehen." Sie reichte dem jungen Mann die Hand. Dann warf sie noch einen kurzen Blick auf Schwester Elke und diese ging hinaus.

Kate sah Mirko Moderig an. „Verraten sie mir noch, wer der Mann war, mit dem sie in ihrer Wohnung

Streit hatten?"

Der junge Mann schluckte kurz und nickte schließlich. „Ja, dieser Petersen. Er wollte mit mir reden,
weil er wusste, dass ich den Verkauf blockieren
wollte. Er bot mir eine Stelle bei sich an, zu einem,
wie er sagte, fürstlichen Gehalt." Mirko schüttelte
entrüstet den Kopf. „In so einer Fertigbackfabrik?
Niemals, da konnte er sich sein Geld sonst wohin stecken. Das habe ich ihm auch ziemlich unumwunden
gesagt und er hat mir gedroht, falls ich irgendjemand
von dem Deal zwischen ihm und Heiko erzähle,
würde er dafür sorgen, dass ich nirgends mehr einen
Job bekomme." Kate drückte nochmal seine Hand.

„Danke das sie es mir gesagt haben. Von dem haben
sie nichts mehr zu befürchten." Auf den Flur traf sie
auf Elke, die dort gewartet hatte. Diese ging auf die
Tür zu und sah Kate an. „Danke", sagte sie leise.

Als Kate sie erstaunt ansah, lächelte sie kurz. „Das sie
sich nie mit dem Offensichtlichen zufriedengeben.
Das war bei mir so und auch bei Mirko. Es ist wirklich gut, dass es sie gibt."

Ohne das Kate damit gerechnet hatte, schloss die
junge Frau sie fest in die Arme. „Frohe Weihnachten", sagte sie schließlich und verschwand schnell
hinter dem Tresen, scheinbar um den Transport von
Mirko ins Röntgen vorzubereiten.

„Frohe Weihnachten", rief Kate ihr noch nach. Dann
ging sie, irgendwie deutlich beschwingter als sie gekommen war, in Richtung Ausgang.

Noch immer beschwingt kam Kate in ihrem Büro an, obwohl sie gerade drei große Tüten mit Weihnachtsgeschenken die Treppen hinauf geschleppt hatte.

Oben angekommen bemerkte sie, dass das gesamte Büro eine wenig festliche Stimmung verbreitete. Zwar hatte Chris auf dem Tresen neben einem geschmackvollen Adventsgesteck einen gefüllten Adventskalender aufgestellt, dessen Türchen jeden Morgen derjenige öffnen durfte, der als erstes das Büro betrat. Aber überall war das Umzugschaos deutlich zu spüren. Gepackte Kisten standen herum, Möbel waren schon verpackt. In der ersten Januarwoche würde der Umzug endlich, wie geplant, über die Bühne gehen und eine Woche später würde Schulz-Security in den neuen, eigenen Räumen an der Neundorferstraße neu eröffnen.

Chris kam gerade aus einem Nebenraum und sprang sofort heran, um Kate die Tüten abzunehmen.

„Bring sie schon mal in den Konferenzraum", sagte sie und er nickte. „Es ist schon alles vorbereitet und eingedeckt." Es sollte das letzte Kurzmeeting in diesem Jahr werden und gleichzeitig eine kleine Weihnachtsfeier. Chris hatte sich um das Catering gekümmert. Jetzt deutete er in Richtung Kates Büro.

„Du hast Besuch", sagte er und Kate ging hinein.

An dem kleinen Tisch saßen, gut mit Kaffee und etwas Weihnachtsgebäck versorgt, Bogdan Serwowitsch und eine junge Frau.

Bei ihrem Eintritt erhob er sich und deutete eine leichte Verbeugung an. „Kate, das ist Maria, die

Tochter eines sehr guten Freundes."

Die zierliche junge Frau erhob sich ebenfalls und reichte Kate die Hand. Nachdem alle wieder Platz genommen hatten, klopfte es und Chris brachte eine Tasse Kaffee für Kate. Bogdan Serwowitsch sah die junge Frau an. „Lässt du mich bitte einen Augenblick mit Frau Schulz allein?" Diese erhob sich sofort, lächelte und folgte Chris, der sie sofort in ein Gespräch verwickelte, nach draußen.

Nachdem die Tür geschlossen war, sah Serwowitsch Kate an. „Ich will dich nicht mit einer langen Geschichte langweilen. Mein Freund war bisher ein angesehener Geschäftsmann und Maria quasi seine rechte Hand. Sie spricht neben ihrer Muttersprache auch Deutsch, Englisch und Russisch. Außerdem ist sie fit in Richtung Computer und Abrechnungssystemen sowie Büroorganisation. Ich wollte dich fragen, da ich ja weiß, dass du jemand suchst, ob du Maria nicht anstellen möchtest, natürlich erst einmal auf Probe."

Kate lehnte sich zurück und musterte Bogdan Serwowitsch eine Weile, dann lächelte sie. „Aber etwas mehr Kontext wäre schon nett."

Jetzt musste auch er lächeln. „Gut, das habe ich befürchtet." Dann wurde er ernst. „Ihr Vater hat sich in Drogengeschäfte verwickeln lassen. Es kam, wie es kommen musste. Er ist hochgegangen und muss für eine ziemlich lange Zeit ins Gefängnis. Da außer ihn Maria niemand hat, bat er mich um Hilfe. Das ich diese ihm zuteilwerden lasse, steht außer Frage, auch wenn ich seine Geschäfte nicht für gutheiße."

Kate unterdrückte die Bemerkung, dass wohl einige seine eigenen Geschäfte ebenfalls nicht für gutheißen würden. Das er scheinbar ihre Gedanken lesen konnte, zeigte ein Blinzeln seinerseits. „Ich habe also Maria nach Deutschland geholt. Sie hat hier in der Straßbergerstraße eine kleine Wohnung. Ich hätte natürlich auch in meinem Unternehmen Verwendung für sie, aber ich halte es nicht für richtig, wenn du verstehst, was ich meine."

Kate nickte langsam. Bogdan Serwowitsch, der ungekrönte Bordellkönig von Plauen, hatte also Skrupel, ein junges Mädchen in seinem Geschäft arbeiten zu lassen, wenn auch nur im Verwaltungsbereich.

Als sie nichts sagte, beugte sich Serwowitsch etwas nach vorn. „Du denkst doch nicht, dass ich…"

„Mich damit ausspionieren willst? Nein, natürlich nicht", beendete sie seinen Satz und schüttelte dabei den Kopf. „Ich habe nur Bedenken, falls sich Marias Vater mit den falschen Leuten eingelassen hat…"

„Nein", unterbrach jetzt Serwowitsch sie seinerseits. „Das hat er nicht."

Kate nickte. „Dann ist es gut. Ich brauche dringend jemand, der Chris entlastet und wenn sie sich eignet, gern."

Sie erhob sich und Bogdan Serwowitsch ebenfalls. Als sie nach draußen gingen, standen Chris und Maria am Tresen und unterhielten sich angeregt. Sie sahen auf, als sich die Beiden näherten. „Ihr scheint euch ja gut zu verstehen", stellte Kate fest und sah

Maria eindringlich an. Die junge Frau hatte ein offenes, sympathisches Gesicht.

„Ja, Chris ist sehr nett", sagte sie in fast akzentfreiem Deutsch. Als sie Kates erstaunten Blick sah, lächelte sie. „Meine Mutter war Deutsche, sie ist vor fünf Jahren verstorben, Krebs."

Kate sah sie an. „Das tut mir leid, Maria. Wenn du möchtest, können wir es zusammen versuchen. Chris würde dir erst einmal einen Überblick geben. Leider sind wir gerade mitten im Umzug."

Die junge Frau zuckte die Schultern. „Da kann ich mich ja nützlich machen."

Kate streckte ihr die Hand entgegen. „Gut, komm morgen Vormittag gegen 9.00 Uhr, dann besprechen wir alles weitere, wie es nach Weihnachten weiter gehen soll. Wenn es dir dann gefällt, würde ich mich freuen, wenn du bleibst." Maria nickte und Bogdan Serwowitsch legte seinen Arm um ihre Schulter.

„Danke", sagte er in Richtung Kate und beide gingen hinaus. Diese sah ihren Stellvertreter an. „Könntest du sie ein bisschen einarbeiten und schauen, ob sie sich eignet?", fragte sie und der nickte. „Sie scheint wirklich sehr kompetent zu sein, das habe ich schon an ihren Fragen gemerkt."

Kate fand faszinierend, das Chris nicht fragte, wieso ausgerechnet Serwowitsch hier eine junge Frau anschleppte, die Kate bereit war anzustellen. Er schien voll und ganz ihrem Instinkt zu vertrauen. Also deutete sie in ihr Büro. „Komm rein, ich erzähle dir erst mal den Hintergrund."

Als Kate das Wohnzimmer betrat, brannte der Kamin und die Pyramide drehte sich gemächlich. Auf dem Tisch stand ein Glas Wein für Mike und ein Glas Apfelsaft für sie.

„Ich hab da mal was vorbereitet", sagte er augenzwinkernd und Kate ließ sich neben ihm auf das Couch fallen. Es war schon nach Mitternacht und sie waren eben erst nach Hause gekommen.

Es war ein ruhiger Heiligabend gewesen. Omar und Jasmin hatten die Paten ihrer Zwillinge eingeladen, als einzige Gäste, denn Franz hatte etwas gefiebert und war reichlich unleidlich gewesen. So hatten sie nur zusammengesessen, dank Omar köstlich gespeist und Kate war mit Jasmin dann zur Christmette gegangen, während die beiden Männer als Babysitter fungierten. Danach war auch Jasmin, die noch voll stillte, reichlich k.o. gewesen und Kate und Mike waren nach Hause gegangen.

„Sag einmal", sagte Mike nach einer Weile des Schweigens zögernd. „Hast du jemals über eigene Kinder nachgedacht?"

Langsam drehte Kate den Kopf in seine Richtung. Hatte er diesen Gedanken schon länger, oder war es der Abend mit Omar und den Zwillingen gewesen, der diese Frage bei ihm aufwarf? Zugegeben, sie hatten noch nie darüber gesprochen.

„Und du?", fragte sie einfach zurück.

Mike legte den Arm um ihre Schulter und zog sie an sich heran. „Naja, vor dir war das kein Thema für mich, da hatte ich auch keine feste Bindung im Sinn.

Außerdem." Kate spürte, wie er lächelte. „Außerdem muss ich mir keine Gedanken machen, dass meine Linie ausstirbt. Immerhin hat meine Schwester mit ihren vier Kindern dafür gesorgt, dass es nicht so ist." Kate setzte sich aufrecht hin, wobei sein Arm von ihrer Schulter rutschte.

„Mein Vater war ein Einzelkind und meine Mutter, wie ich dachte, auch. Da hatte ich manchmal daran gedacht, dass es nach mir wohl Schluss ist. Aber jetzt, jetzt geht es mir wie dir. Immerhin habe ich einen stattlichen Stammbaum, mütterlicherseits." Dann lehnte sie sich wieder gegen ihn. „Weißt du, eigentlich bin ich froh so wie es jetzt ist."

Sie spürte, wie Mike an ihrer Seite tief Luft holte. „Ich auch", sagte er und es klang irgendwie erleichtert.

„Außerdem werden uns unsere Patenkinder bestimmt die nächsten Jahre ziemlich auf Trapp halten", sagte er und Kate lachte. „Oh ja, davon ist auszugehen."

Mike zog sie noch fester an sich heran und küsste sie.

„Frohe Weihnachten", sagte er leise und presste seine Lippen wieder auf die ihren.

Nachwort:

Die von mir geschilderten Geschichten, Einrichtungen und Menschen sind fiktiv. Natürlich gibt es auch keine Bäckerei Flott in Plauen, ebenso wenig wie einen Stollenoscar oder eine Großbäckerei „Backglück". Auch der Stadtrat Wallensteiner als potenzieller Oberbürgermeisterkandidat entsprang meiner Fantasie.

Real ist die Plauener Kaffeerösterei und ihr Besitzer Daniel, der auch dieses Mal so freundlich war, mir zu gestatten, Teile meiner Geschichte in seinen Räumen anzusiedeln, ja, sogar inklusive eines „Verbrechens"!
Ein ebenso herzliches Dankeschön an Rico Wagner, dem Chef der Bäckerei und Konditorei Müller in Plauen (im Übrigen- mein persönliches Stammcafé…) für seine fachlichen Tipps.

Und natürlich vielen, vielen Dank an meine treuen Leserinnen und Leser. Ich freue mich immer über ein Feedback und eine Bewertung meiner Bücher!

Zur Autorin:

Annette G. Krupka wurde in Plauen geboren.
Sie besuchte hier die Schule, lernte Krankenschwester, studierte später Pflegemanagement, erwarb einen Masterabschluss und ist als freiberufliche Unternehmensberaterin tätig.
Heute lebt sie in einer Thüringer Kleinstadt und hat ein Fachbuch zum Thema Pflege veröffentlicht.

„*Stollentod*" ist der zwölfte Teil um die ehemalige FBI-Agentin Kate Schulz.
Bisher erschienen sind:
Lebensborn
Golem
Entführt
Methusalem
Filmriss
Virus
Engelsflug
Würgemale
Verlassen
Culpa
Phobie

Weitere Folgen sind geplant.

Nach England und Schottland entführt die Reihe um Jane MacKenzie und Detective Inspektor Peter Brown. Bisher erschienen sind:
Der Hyde Park Mörder
Die Rache der Kali

Liebe Leser, danke, dass Sie Kate Schulz bis zum Ende des zwölften Falles gefolgt sind.

Sind Sie neugierig, wie es weiter geht mit Kate Schulz???
Bald ist es so weit: Band 13- Klassentreffen

Kate Schulz ist gerade mit ihrem Büro Schulz Security in die neuen Räume umgezogen, als ihre ehemalige Schulkameradin Michaela „Michi" Heimat, Besitzerin des gleichnamigen Pflegedienstes, sie zu einem Klassentreffen einlädt.
Kate ist nicht gerade begeistert, hat sie doch die Klasse mit 15 Jahren, als sie mit ihren Eltern in die Staaten ging, verlassen.
Da wird sie von Martina Schaarschmidt wegen einer Vermisstenanzeige kontaktiert. Petra Schaarschmidt, Kates ehemalige Mitschülerin, ist vor fast dreißig Jahren verschwunden und ihre inzwischen kranke Mutter hofft endlich auf eine Aufklärung. Also beschließt Kate, doch das Klassentreffen zu besuchen.
Aber der Abend, der so heiter begann, lässt nicht nur alte Konflikte aufleben, sondern eskaliert in einer Gewaltspirale, an deren Ende sogar zwei Tote stehen.
Und Kate erfährt schmerzhaft, dass nichts so ist wie es scheint.

Leseprobe- „**Klassentreffen**"

Er sah in den Spiegel und strich sein Haar, das wieder einmal ziemlich widerborstig in die Stirn hing, zurück und atmete tief ein. Er sah blass aus, abgespannt, kein Wunder bei der Belastung der letzten Wochen. Es war nicht nur der berufliche Stress gewesen, den konnte er recht gut schultern. Schließlich war es sein Weg, der Weg zum Erfolg. Dafür hatte er gearbeitet, die ganzen letzten zwanzig Jahre hatte er nur darauf hingearbeitet. Und jetzt?

Sein Atem ging unwillkürlich schneller. Jetzt sollte alles umsonst gewesen sein? Wegen eines dummen Jugendstreiches? Naja, alles in allem war es mehr. Aus einem wirklich dummen Streich drohte schon damals ein Desaster zu werden.

Aber er war der Einzige gewesen, der die Nerven behalten hatte. Die anderen Weicheier hatten nur herumgejammert, Angst gehabt, sie könnten von der Penne fliegen. Aber er, er hatte wie immer einen kühlen Kopf bewahrt, auch wenn ihm das niemand zugetraut hatte. Geduldet hatten sie ihn meist nur, oft hinter seinem Rücken gelästert. Idioten.

Aber das sollte sich ändern. Er war es gewesen, der das Problem gelöst hatte. Erst einmal ganz banal, indem er geschickt die Fäden gezogen hatte, um den Verdacht von sich und auch den anderen jammernden Idioten abzulenken.

Als es nach einer Weile mit seiner Lösung ein Problem gab, hatte er es auch allein und dieses Mal endgültig behoben. Nicht wegen der anderen, nein, eigentlich waren die ihm schon immer gleichgültig gewesen. Er brauchte sie nicht, nein, es ging um ihn, um seine Zukunft. Also löste er das Problem. Punkt. Er hatte eigentlich gar nicht mehr daran gedacht in den vergangenen Jahren, bis die Einladung zu dem Klassentreffen auf seinen Tisch flatterte.

Fast hätte er sie schon unbeantwortet in den Papierkorb geworfen, als ihn eine E-Mail erreichte, von jemand, an den er ebenfalls seit vielen Jahren nicht mehr gedacht hatte.

Dieser Jemand schien zu wissen oder zumindest zu ahnen, wie er das Problem von damals gelöst hatte. Damit war er selbst zum Problem geworden. Gerade jetzt, wo alles so gut für ihn stand, wo sein Ziel so greifbar war.

Nein, er würde es sich nicht nehmen lassen. Nicht, nach dem, was er alles für dieses Ziel geopfert hatte.

Er glättete nochmals sein Haar, wusch sich das Gesicht eiskalt, sodass es etwas Farbe bekam und richtete den Schlips.

Dann nahm er die auf Büttenpapier gedruckte Einladung in die Hand und steckte sie sorgsam in die linke Anzugtasche. Schließlich ging er zu seinem Safe, gab die Kombination ein und ergriff den Gegenstand, der darin lag.

Mit einem Lächeln ließ er die Pistole in die rechte Anzugtasche gleiten. Niemand würde ihn aufhalten, niemand.